한·국·현·대·문·학

상록수

심 훈

나를 찾는 필사 시간

가나북스

"글을 잘 쓰기 위해 필사는 꼭 필요한 연습이다.

또한, **필사는 정독 중의 정독**이다."

– 소설가 조정래 –

나를 찾는 필사 시간

상록수

–

심훈

가나북스

들어가는 말

필사(筆寫)는 문예창작과, 작가 지망생, 예비 기자, 그리고 차분한 마음과 삶의 여유를 찾고 싶은 분에게 가장 적합한 최우선적 선택이라고 말할 수 있다.

필사를 제일 많이 하고 필사를 시작한 최초의 책은 세계 베스트셀러라고 불려지는 성경이라고 한다. 왜? 그리스도인들이 성경을 읽기만 하지 않고 필사를 하는 걸까?

이것은 그들이 지향하는 영적인 지식을 머리에 담고, 마음에 새기고, 가슴으로 실천하기에 이보다 더 좋은 방법이 없기 때문일 것이다.

눈으로 읽는 것과 필사하며 읽는 것에 차이는 분명히 존재하고, 그 가치가 무궁하기 때문에 필사가 강조되고 있는 것이 요즘의 현실이다.

읽는 모습도 아름답지만 더 아름다운 것은 쓰는 모습이다.

손으로 쓸 때 기억에 오래 남고, 열 번 읽는 것보다 한 번 베껴 쓰는 것이 더 효과적이다. 눈으로 읽을 때보다 손으로 글씨를 쓰면서 읽으면 뇌가 더 활발해진다는 연구 결과도 있다. 손으로 베껴 쓰는 문장은 놀랍게도 온전히 '나의 것'이 될 수 있다.

터치와 입력이 아닌 손 글씨로 잊고 있던 필사의 절묘한 맛을 다시 한 번 느껴보자.

그러면, 손으로 하는 필사의 방법과 장점들을 알아보자.

필사, 이렇게 해 보세요!

- 가능한 한 문장, 한 단어를 눈으로 보고 암기해서 노트에 적는다.
- 노트에 적을 때는 원문을 보지 않는 것이 좋다.
- 외워서 적은 문장과 원문을 비교해 틀린 부분은 다른 색의 펜으로 교정
  해본다.
- 유용한 문장의 표현은 자신 만의 방법으로 표시해 좋은 표현들을 따로
  정리한다.
- 필사하고 교정 · 정리된 표현들을 습관적 · 주기적으로 복습하고 외운다.
- 작가 만의 독특한 표현을 눈 여겨 보고 체크해 하단부에 메모해 둔다.
- 형식과 의미는 간결할수록 좋다.
- 컴퓨터 자판보다는 손 글씨로 하는 것이 좋다.
- 두 세 문단의 범위를 넘지 않게 한다.

필사, 이런 점이 좋아요!

- 다양한 작가들의 문체를 습득할 수 있으며 작가의 좋은 문장이 내 것이
  되는 느낌이 든다.
- 필사를 하다보면 맞춤법과 띄어쓰기가 자신도 모르게 향상된다.
- 작가에 따라 문단을 구성하는 방식이 다르듯, 다양한 책의 필사를 통해
  글을 이해하고 창작하는 기술이 늘어간다.
- 모방은 또 하나의 창작물을 만들어 내듯이 이 표현을 가지고 내가 표현
  한다면 어떻게 했을지를 생각해 보게한다.
- 필사를 하다 보면 나의 생각을 쓰고 싶다는 강력한 욕구에 사로잡히게
  되고 생각지도 못한 놀라운 능력이 생기기 시작한다.

이렇게 엮었습니다!

- 독특한 문장이나 표현은 메모할 수 있도록 필사 하단부에 메모란을 두었습니다.

- 방언(사투리)의 원문은 그대로 살려두었고 원문 하단부에 참고 설명을 붙였습니다.

- 선을 두어 반듯하게 필사할 수 있도록 하였습니다.

- 반양장, 사철 제본하여 잘 펼쳐져 필사하기 편리하도록 하였습니다.

- 장편소설 전체를 필사하는 것은 어렵다고 생각해 줄거리를 소개하는 것으로 대신하고, 소설의 시작과 마지막, 소설 흐름에서 중요한 부분을 필사할 수 있도록 구성하였습니다.

차례

상록수

신문사에서 주최한 농촌 운동가 보고 행사에 참여한 박동혁은 "여러 분은 학교를 졸업하면 양복을 갈러 붙이고 의자를 타고 앉아서, 월급 이나 타먹으려는 공상부터 깨트려야 합니다. 우리 남녀가 머리를 동쳐 매고 민중 속으로 뛰어들어서, 우리의 농촌, 어촌, 산촌을 붙들지 않으 면, 그네들을 위해서 한 몸을 희생에 바치지 않으면, 우리 민족은 영원 히 거듭나지 못합니다!"면서 농촌운동가로서의 정직한 신념을 피력하 는 신학생 채영신에게 호감을 갖는다. 당시 돈으로 3천 원이나 들여 지 었다는 화려한 서양식 집에 사는 얼치기 농촌 운동가 백현경의 집에서 의 저녁 식사 모임 등으로 채영신과 친해진 박동혁은 그녀를 농촌운동 을 같이 힐 동지로 생각한다. 이는 박동혁의 성실함에 감동받은 채영신 도 마찬가지여서 박동혁이라는 좋은 동지를 만나게 해주셨다며 하나 님께 감사기도를 드린다.

논을 팔아서 학비를 대는 집안형편 때문에 다니던 고등농림을 그만 둔 동혁은 고향 한곡리로, 영신은 활동 지역인 청석골로 돌아가 각자의 일에 몰두한다. 동혁은 농민들의 피를 빠는 고리대금업자 강기천 그리고 청년들의 공동 노동을 아무 쓸모 없는 일이라고 비난하는 마을 어른들의 편견과 투쟁하면서 농촌 환경 개선에 몰두한다. 영신도 하숙집 아줌마 원재 어머니를 비롯한 동네 아줌마들의 도움, 그리고 생선장사해서 번 돈을 아낌없이 기부한 어머니의 도움을 받아가며 야학 선생으로 헌신한다.

영신도 학교를 짓느라 무리하게 노동하는 바람에 몸이 허약해져서 마을학교 건축을 기념하는 날 연설을 하다가 맹장염과 장중첩증으로 쓰려져 입원한다. 동혁도 부정 선거로 청년회장이 된 강기천의 횡포에 분노한 동화가 마을회관을 불태우려는 것을 말리려다가 공범으로 몰

9

줄거리

려 감옥에 갇힌다. 영신은 동혁의 권유로 정양을 겸해 일본의 기독교 학교에서 유학하지만, 조선과는 다른 문화에 적응하지 못한다. 다다미 방, 얇은 이불, 단무지, 양파조각을 보며 따뜻한 온돌방, 솜이불, 맛있는 된장찌개와 배추김치가 그리워질 뿐이었다. 결국 각기병에 걸린 채 귀국한 영신은 마을 사람들과 동네 교회 교우들의 울음 속에 청석골 하숙집에서 숨을 거둔다. 마침 출소하여 장례식에 참여한 동혁은 장례식에 모인 조문객들에게 영신의 농촌운동가로서의 정신을 계승하자는 조사를 발표한다.

목 차

1. 쌍두취행진곡

가을 학기가 되자, ○○일보사에서 주최하는 학생계몽운동에 참가하였던 대원들이 돌아왔다. 오늘 저녁은 각처에서 모여든 대원들을 위로하는 다과회가 그 신문사 누상에서 열린 것이다.

5, 6백 명이나 수용할 수 있는 대강당에는 전 조선의 방방곡곡으로 흩어져서 한여름 동안 땀을 흘려가며 활동한 남녀 대원들로 빈틈없이 들어찼다.

폭양*에 그을린 그들의 시커먼 얼굴! 큰 박덩이 만큼씩한 전등이 드문드문 달린 천장에서 내리비치는 불빛이 휘황*할수록 흰 벽을 등지고 있은 그네들의 얼굴은 너 한층 섬어 보인다.

• 폭양(曝陽)_ 뜨겁게 내리쬐는 볕을 쬠. 또는 그 볕
• 휘황(輝煌)-휘황찬란하다_광채가 나서 눈부시게 번쩍이다

독특한 표현 메모하기

만호 장안의 별처럼 깔린 등불이 한눈에 내려다보이도록 사방의 유리창을 활짝 열어 젖혔건만 건장한 청년들의 코와 몸에서 풍기는 훈김이 우거진 콩밭 속에를 들어간 것만치나 후끈후끈 끼친다.

정각이 되자, P학당의 취주악대는 코넷, 트롬본 같은 번쩍거리는 악기를 들고 연단 앞줄에 가 벌여 선다. 지휘자가 손을 내젓는 대로 힘차게 연주하는 것은 유명한 독일 사람의 쌍두취행진곡(雙頭鷲行進曲)이다. 그 활발하고 장쾌한 멜로디는 여러 사람의 심장까지 울리면서 진동시킨다.

악대의 연주가 끝난 다음에 사회자인 이 신문사의 편집국장이 안경을 번득이며 점잖은 걸음걸이로 단 위에 나타났다.

"에– 아직 개학을 아니한 학교도 있어서, 미처 올라오지 못한 대원이 많을 줄 알았습니다. 그런데 뜻밖에 이처럼 성황을 이루어서 장소가 매우 협착한 까닭에 여러분끼리 서로 간친하는 기회를 드리려는 다과회가 무슨 강연회처럼 되었습니다."

하고 일장의 인사를 베푼 뒤 으흠으흠하고 헛기침을 해서 목소리를 가다듬더니,

"금년에는 여러 가지로 기장이 많았는데도 불구하고 작년보

독특한 표현 메모하기

다도 거의 곱절이나 되는 놀라울 만한 성적을 보게 됐습니다. 이것은 오직 동족을 사랑하는 여러분의 열성과 문맹을 한 사람이라도 더 물리치려는 헌신적 노력의 결과인 것이 물론입니다. 그러므로 주최자 측으로서 여러분의 수고를 감사할 뿐 아니라 우리 계몽운동의 장래를 위해서 경축하기를 마지않는 바입니다."

처음에는 늦게 들어오는 사람들 때문에 수성수성*하던 장내가 이제는 기침소리 하나 없이 조용해졌다. 사회자는 말을 이어,

"긴 말씀은 허지 않겠으나, 차나 마셔 가면서 간담*적으로 피차의 의견도 교환하고 그 동안에 분투한 체험담도 들려 주셔서 앞으로 이 운동을 계속하는데 크게 참고가 되게 해주시기를 바라는 바입니다."

라고 부탁을 한 후 단에서 내려갔다.

대원들 중에서 제일 나이가 들어 보이는 어느 전문학교의 교복을 입은 학생이 나가 간단한 답사를 하고 돌아왔다.

문간에서 회장을 정돈시키던 이 신문사의 배지를 붙인 사원이 눈짓을 히니까, L어학교 기시괴의 학생들은 꿍장한 언회니 치

---

* 수성수성-수성수성하다_몹시 수군거리며 시끄럽게 떠드는 소리가 자꾸 나다
* 간담(懇談)_서로 정답게 이야기를 주고받음. 또는 그 이야기

독특한 표현 메모하기

리는 듯이 일제히 에이프런을 두르고 돌아다니며 자기네 손으로 만든 과자와 차를 주욱 돌린다.

　대원들은 찻잔을 받아들고 앉아서 무릎 위에 올려 놓은 과자 접시를 들여다보면서

　'애개, 요걸루 어디 간에 기별이나 가겠나.'

　하는 듯한 표정을 지으며 입맛을 다신다.

　장내는 사기그릇이 부딪쳐 대그락거리를 소리와 잡담을 하는 소시로 웅성웅성하는데 맨 앞줄 한구석에서 하와이안 기타를 뜯는 소리가 모기소리처럼 애응애응하고 들리기 시작한다.

　남양의 달밤을 상상케 하는 애련하고도 청아한 선율에 회장은 다시 조용해졌다. C전문의 명물인 익살꾼으로 기타의 명수인 S군이 자청해서 한 곡조를 타는 것이다.

　S군은 한참 타다가, 저 혼자 신이 나서 악기를 들고 일어나 엉덩춤을 춘다. 메기같이 넓적한 입을 실룩거리며 토인의 노래를 흉내내는데 그 목소리는 체수*에 어울리지 않게 염생이가 우는 소리와 흡사하게 떨려 나와서 너러 사람의 웃음보가 터졌다. 어

● 체수(體-)_몸의 크기

떤 중학생은 웃음을 억지로 참다가 입에 물고 있던 과자를 앞줄에 앉은 사람의 뒤통수에다가 확 내뿜었다. 한구석에 몰려 앉은 여학생들은 손수건을 입에다 대고 허리를 잡는다.

"재청요⋯⋯."

"앙코르⋯⋯, 앙코르⋯⋯."

하는 소리가 여기저기서 일어나며 회장 안은 벌통 속처럼 와글와글한다. S군은 저더러 잘한다는 줄만 알고, 두 번 세 번 껑충거리고 나와서 익살을 깨뜨리는 바람에 점잔을 빼던 사회자도 간신히 웃음을 참고 앉았다. 그는 미소를 띄우며 일어서며,

"여러분 고만 조용헙시다"

하고 손을 들었다.

"지금부터 여러분의 체험담을 듣겠습니다. 한 사람도 빼어 놓지 않고 고향에서 활동하던 이야기를 골고루 듣구는 싶지만 시간이 허락하지 않는 관계로 유감천만이나 사회자가 몇 분을 지적할 수밖에 없습니다."

히고 상복 주미니에시 긱 지빙으로부터 온 통신과 이미 신문에 발표된 대원들의 보고서를 한 뭉텅이나 꺼내 놓고 뒤적거리더니,

독특한 표현 메모하기

"금년에 활동한 계몽대원 중에 뛰어나게 좋은 성적을 보여 주었을 뿐 아니라 글을 깨우쳐 준 아동의 수효로는 우리 신문사에서 이 운동을 개시한 이래 최고 기록을 지은 분을 소개하겠소이다."

하고는 다시 안경 너머로 서류를 들여다보다가 얼굴을 들고 선생이 출석을 부르듯이

"××고등농림의 박동혁(朴東赫)군!"

하고 목소리를 높였다. 장내는 테를 메인 듯이 긴장해졌건만, 제 이름을 못 들었는지 얼핏 대답하는 사람이 없다.

"박동혁군 왔소?"

사회자는 더 한층 목소리를 높이고는 사면을 살핀다. 만장의 학생들은,

'박동혁이가 어떻게 생긴 사람이야?'

하는 듯이 서로 돌아다보며 이름을 불린 고농 학생을 찾는다.

"여기 있습니다."

맨 뒷줄에서 굵다란 목소리가 청처짐하게* 들렸다. 여러 사람

• 청처짐하게–청처짐하다_1.아래쪽으로 좀 처진 듯하다 2.동작이나 상태가 바싹 조이는 맛이 없이 조금 느슨하다

독특한 표현 메모하기

의 고개는 일제히 목소리가 난 데로 돌려졌다.

"그리루 나가랍니까?"

엉거주춤하고 묻는 말이다.

"이리 나오시오."

사회자는 연단에서 비켜서며 손짓을 한다.

기골이 장대한 고농 학생이 뭇사람이 쏘는 시선을 한몸에 받으며 뚜벅뚜벅 걸어나오자 우뢰같은 박수 소리가 강당이 떠나갈 듯이 일어났다.

박동혁이라고 불린 학생은 연단에 올라서기를 사양하고, 앞줄에 가 두 다리를 떡 버티고 섰다. 빗질도 아니한 듯한 올백으로 넘긴 머리며 숱하게 난 눈썹 밑에 부리부리한 두 눈동자에는 여러 사람을 누르는 위엄이 떠돈다.

그는 박수 소리가 그치기를 기다려 두툼한 입술을 열었다.

"여러분!"

청중의 숨소리를 죽이게 하는 저력있는 목소리다.

"오늘 저녁에 항상 그리워하던 여러분 동지와 한 자리에 모여서 흉금을 터놓고 서로 얘기할 기회를 얻은 것을 무한히 기뻐합니다."

독특한 문형 메모하기

목구멍에서 나오는 음성이 아니요, 땀에 절은 교복이 팽팽하게 켕기도록, 떡 벌어진 가슴 한복판을 울리며 나오는 바리톤(남자의 저음)이다. 청중은,

'저 입에서 무슨 말이 떨어지려나?'

하는 듯이 눈도 깜작거리지 않으며 동혁의 얼굴을 바라다본다.

동혁은 장내를 다시 한번 둘러본 뒤에 천천히 입을 연다.

"그러나 삼 년째 이 운동에 참가해서 적으나마 힘을 써 온 이 사람으로서 그 경험이나 감상을 다 말씀하려면 매우 장황허겠습니다. 더구나 오늘 저녁은 간단한 경과만 보고하기를 약속헌 까닭에 정작이 가슴속에 첩첩이 쌓인 그 무엇을 여러분 앞에 시원스럽게 부르짖지 못하는 것이 크게 유감으로 생각됩니다. 그러니까 이 자리에서 못허는 말은 사사로운 좌석에 얘기헐 기회를 짓고, 또는 개인적으로도 긴밀헌 연락을 취해서 서로 간단을 비춰가며 토론도 하고 의견도 교환하기를 바랍니다."

하고 잠시 말을 멈추더니 수첩을 꺼내들고 자기의 고향인 남조선의 서해변에 있는 힌곡리(漢谷里)라는 궁벽한 마을의 형편

•궁벽한-궁벽(窮僻)하다_매우 후미지고 으슥하다

을 숫자적으로 대강 보고를 한다.

호수(戶數)가 94호인데, 농업이 7할, 어업이 2할이요, 토기업(土器業)이 1할이라는 것과 인구가 4백 60여명에 그야말로 낫놓고 기역자도 모르는 문맹이 8할 이상이나 점령한 것을 3년 동안을 두고 여름과 겨울 방학에 중년 이하의 여자들과 6, 7세 이상의 아동들을 모아 놓고 한글을 깨우쳐 주고 간단한 셈수를 가르쳐 준 것이 2백 47명에 달하는데 그곳 보통학교 출신들의 조력이 많았다는 것을 말하자 박수 소리가 사방에서 일어났다.

동혁은 천천히 수첩을 집어넣으며 집안 식구와 이야기하는 듯한 말씨로,

"우리 고향은 워낙 원시 부락과 같은 농어촌이 돼서, 무지헌 부형들의 이해가 전연 없는데다가 관변의 간섭두 여간 까다로운 게 아니었어요. 그런 걸 별짓을 다해 가며서 억지루 시작을 했었지요. 첫해에는 아이들을 잔뜩 모아는 놨어두 가르칠 장소가 없어서 큰 은행나무 밑에다 널판대기에 먹칠을 한 걸 칠판이라구 기대어 놓구 공석이니 기미니를 깔구는* 밤 깊도록 이슬을 맞아

• 깔구는-깔다_1.바닥에 펴 놓다 2.돈이나 물건 따위를 여기저기 빌려 주거나 팔려고 내놓다 3.무엇을 밑에 두고 누르다

가면서 가르치기를 시작했었는데 마침 장마 때라 비가 자꾸만 와서 견딜 수가 있어야지요. 그래서 헐 수 없이 움을 팠어요. 나흘 동안이나 장정 10여명이 들어붙어서 한 대여섯 간통이나 파구서 밀짚으로 이엉*을 엮어서 덮구 그 속에 들어가서 진땀을 흘리며 '가갸거겨'를 가르쳤지요. 그러다가 어느 날 밤은 밤새도록 비가 밀짚듯이 쏟아졌는데 그 이튿날 아침에 가보니가 교실 속에 빗물이 웅덩이처럼 흥건하게 고였는데 송판으로 엉성하게 만든 책상 걸상이 둥실둥실 떠 다니더군요."

그 말에 여기저기서 픽픽 웃는 소리가 들렸다. 동혁이 자신도 남자다운 웃음을 띄우고,

"그뿐인가요. 제철을 만난 맹꽁이란 놈들이 뛰어들어서 저희끼리나 글을 읽겠다고 '맹자왈', '공자왈' 해가며 한바탕 복습을 허는데……."

그때는 어느 실없는 군이 코를 싸쥐고,

"매앵 꽁 매앵 꽁"

하고 커다랗게 흉내를 내어서 여러 사람은 천장을 우리리 긴

•이엉_초가집의 지붕이나 담을 이기 위하여 짚이나 새 따위로 엮은 물건

독특한 표현 메모하기

간대소* 하였다. 여학생들은 킬킬거리고 웃어대다가 눈물을 다 질금질금 흘린다. 그러자,

"웃을 얘기가 아니오!"

"쉬— 조용들 헙시다."

하고 꾸짖듯 하는 소리가 회장 한복판에서 들렸다. 동혁이도 검붉은 얼굴에 떠돌던 웃음을 지워 버리고 한 걸음 다가서며,

"나 역시 이 자리를 웃음바탕을 만들려구 그런 말을 헌 게 아닙니다. 이버덤 더 비참한 현실과 부대껴서 더한층 쓰라린 체험을 허신 분도 많을 줄 알면서도 다만 한 가지 예를 들었을 뿐입니다."

하고는 잠시 눈을 꽉 감고 침묵하더니 손을 번쩍 쳐들며,

"그러나 여러분! 끝으로 꼭 한 마디만 허구 싶은 말이 있습니다."

하고 목청을 높여 힘차게 청중에게 소리친다. 대원들은 물론 사회자까지도 다시금 긴장해서 엄숙해진 동혁의 얼굴만 주목한다.

• 간간대소(衎衎大笑)_얼굴에 기쁜 표정을 지으며 크게 소리 내어 웃음

독특한 표현 메모하기

"눈 뜬 소경에게 글자를 가르쳐 주는 것은 두말헐 것 없이 필요헙니다. 계몽운동이 우리에게 있어서 가장 시급헌 사업 중의 하나인 것도 사실입니다. 그러나 이 땅의 지식분자인 우리들이 이러한 기회에 전 조선의 농촌, 어촌, 산촌으로 방방곡곡에 파구 들어가서 그 비참한 생활에서 벗어날 수가 있을까? 허는 문제를 머리를 싸매구서 생각해 봐야 합니다. 지금부터 6, 70년 전 노서아*의 청년들이 부르짖던 브나롯(민중 속으로라는 말)을 지금에 와서야 우리가 입내 내듯* 하는 것은 더할 수 없이 슬프고 부끄러운 일입니다. 그렇지만 우리는 남에게 뒤떨어진 것을 탄식만 할 것이 아니라 높직이 앉아서 민중을 관찰하거나 연구의 대상으로 삼으려 하는 태도를 단연히 버리고 그네들이, 즉 우리 조선 사람이 제힘으로써 다시 살아나기 위하 그 기초 공사를 해야겠습니다. 오늘 저녁 이 자리에 모인 바루 여러분의 손으로 시작해야겠습니다. 물질로, 즉 경제적으로는 일조일석*에 부활하기가 어렵겠지만, 무엇보다도 먼저 모든 것을 지배하고 온갖 행동

• 노서아(露西亞)_러시아
• 입내 내듯_흉내 내듯
• 일조일석(一朝一夕)_하루 아침과 하루 저녁이란 뜻으로, 짧은 시일을 이르는 말

나를 찾는 필사 시간_상록수 | 심훈

의 원동력이 되는 정신, 요샛말로 이데올로기를 통일하기 위해서 전력을 기울여야 하겠습니다.!"

하고 말끝마다 힘을 주다가 잠시 무엇을 생각하더니,

"여러분! 여러분은 우리를 못살게 구는 적이, 고쳐 말씀하면 우리의 원수가 어디 있는 줄 아십니까?"

하고 나서, 그는 무슨 범인이나 찾는 듯한 눈초리로 청중을 돌아본 뒤에 손가락을 펴들어 저의 머리통을 가리키며,

"그 원수가 이 속에 들었습니다. '아이구 이제 죽는구나', '너 나헐 것 없이 모조리 굶어 죽을 수밖에 없구나'하는 절망과 탄식! 이것 때문에 우리는 두 눈을 멀건히 뜬 채 피를 뽑히구 있는 겝니다. 그런 지레짐작, 즉 선입관념이 골수에 박혀 있는 까닭에 우리가 피만 식지 않은 송장 노릇을 헌다구 해도 과언이 아닙니다. 그야 천치 바보가 아닌 담에야 우리의 현실을 낙관헐 수야 없겠지요. 덮어 놓구 '기운을 차려라,'. '벌떡 일어나 달음박질을 해라.'하고 고함을 지르며 채쭉질을 한 대도 몇백 년이나 앓던 중병 환자가 벌떡 일어나지아 못허겠지요. 그렇지만……."

하고 주먹을 쥐고 부르르 떨며 혀끝으로 불을 뿜는 듯한 열변에 회장엔 유리창이 깨어질 듯한 박수 소리가 일어났다. 동시에

여기저기서,

"옳소……."

"그렇소……."

하는 고함과 함께,

"그건 탈선이오."

하고 반박하는 소리가 들렸다. 그 소리를 듣자, 동혁은 금새 눈초리가 실쭉해지더니

"어째서 탈선이란 말요?"

하고 눈을 커다랗게 부릅뜨며 목소리가 난 쪽을 노려보는 판에, 사회자는 동혁의 곁으로 가서 무어라고 귓속말을 한다.

"중지시킬 권리가 없소!"

"말해라, 말해!"

이번에는 발을 구르며 사회자를 공박*하는 소리로 장내가 물 끓듯 한다.

동혁은 그 자리에 꿈쩍도 아니하고 버티고 서서 매우 흥분된 어조로,

• 공박(攻駁)_남의 잘못을 몹시 따지고 공격함

독특한 문형 메모하기

"지금은 시간의 자유까지도 없지만 내 의견과 다른 분은 이 회가 파한 뒤에 얼마든지 토론을 헙시다."

하고 누구든지 덤벼라!하는 기세를 보이더니,

"나는 어떠한 수단과 방법을 써서래두 우리 민중에게 우선 희망의 정신과 용기를 길러 주기 위해서 노력허는 것이 우리 계몽 대원의 가장 큰 사명으로 믿습니다. 동시에 여러분도 이 신조를 다같이 지키기를 충심으로 바랍니다."

동혁은 성량(聲量)껏 부르짖고는, 교복 소매로 이마의 땀을 씻으며 제자리로 돌아갔다.

사회자는 아까보다도 더 정중한 태도를 짓고 동혁이가 섰던 자리로 가서 장내가 정숙해지기를 기다려,

"박동혁군의 말은 개념적이나마 누구나 존중해야 헐 좋은 의견으로 압니다."

하고는,

"그러나 현재의 정세로 보아서 어느 시기까지는 계몽운동과 사상운동을 절대로 혼동해서는 아니됩니다. 계몽운동은 계몽운동에 그칠 따름이지 부질없이 혼동해 가지고 공연헌 데까지 폐해를 끼칠 까닭은 털끝만치도 없습니다.'

독특한 표현 메모하기

하고 단단히 주의를 시킨다. 그때에 한 구석에서,

"에그 추워……."

하고 일부러 어깨와 목소리를 떠는 학생이 있었다.

동혁의 뒤를 이어 서너 사람이나 판에 박은 듯한 경과 보고가 지리하게 있은 후 사회자는,

"이번에는 금년에 처음으로 참가헌 여자 대원 중에서 제일 좋은 성적을 나타낸 ××여자신학교에 재학중인 채영신(蔡永信) 양의 감상담이 있겠습니다."

하고 사회자는 오른편에 여자들이 모여 앉은 데를 바라다본다. 남학생들은 그 편으로 머리를 돌리며 손뼉을 친다. '채영신'이라고 불린 여자는 한참만에 얼굴이 딸기빛이 되어 가지고 일어나더니,

"전 아무 말도 허기 싫습니다!"

하고 머리를 내저으며 야무지게 한 마디를 하고는 펄썩 앉아 버린다. 사회자는 어떤 영문인지 몰라서 눈이 둥그래졌다.

뜻밖에 미리 약속까지 허였던 연사가 말하기를 딱 거절하는 데는, 사회자와 청중이 함께 어리둥절할 수밖에 없었다.

"이유를 말헙시다."

독특한 표현 메모하기

"그 대신 독창이래두 시키게."

상대자가 여자인 까닭에 더욱 호기심을 가진 남학생들이 가만히 두고 볼 리가 없다. 음악회에서 억지로 끌어내어 재청이나 시키는 것처럼 짓궂게 박수를 하며 야단들이다.

"간단허게나마 말씀해 주시지요."

사회자는 좀 무색한 듯이 채영신이가 앉은 편으로 몇 걸음 다가오며 어서 일어나기를 권한다.

그래도 영신은 꼼짝도 아니하고 앉았다가 곁에서 동지들이 옆구리를 찌르고 등을 떠다밀어서 마지못해 일어났다. 서울 여자들은 잠자리 날개처럼 속살이 하얗게 내비치는 깨끼적삼에 무늬가 혼란한 조세트나, 근래 유행하는 수박색 코로나프레프 같은 박래품(舶來品)으로 치마를 정강마루*까지 추켜입고 다닐 때연만, 그는 언뜻 보기에도 수수한 굵다란 광당포 적삼에 검정 해동치마를 입었고, 화장품과는 인연이 없는 듯 시골서 물동이를 이고 다니는 과년한 처녀를 붙들어다 세워 놓은 것 같다. 그러나 얼굴에 두드러진 특징은 없어도 청중을 둘러보는 두 눈동자는 인

• 정강마루_정강뼈 앞 가죽에 마루가 진 곳

독특한 문형 메모하기

텔리(지식계급) 여성다운 이지(理智)*가 샛별처럼 빛난다. 그는 사회자를 쏘아보며,

"첫째, 이런 자리에서까지 남자와 여자를 구별하는지는 모르겠지만 남이 다 말을 하고 난 맨 끄트머리에 언권을 주는 것이 몹시 불쾌합니다."

애띠고 결곡한* 목소리다.

"흥, 왼간헌걸."

"여간내기가 아닌데."

남학생들은 혀를 내두르며 수군거리다. 제자리에 돌아와 이제껏 흥분을 가라앉히느라고 눈을 딱 감고 있던 동혁이도, 얼굴을 쳐들고 채영신의 편을 주목한다. 두 사람은 매우 가까운 거리에 앉아 있었던 것이다.

영신은 말을 이어,

"둘째는 제 속에 있는 말씀을 솔직하게 쏟아 놓구는 싶어두요, 사회허시는 분이 또 무어라고 제재를 허실 테니깐, 구차스레 그

• 이지(理智)_이성과 지혜를 아울러 이르는 말. 또는 본능이나 감정에 지배되지 않고 지식과 윤리에 따라 사물을 분별하고 깨닫는 능력
• 결곡하다_얼굴 생김새나 마음씨가 깨끗하고 여무져서 빈틈이 없다

독특한 표현 메모하기

런 속박을 받어 가면서까지 말을 할 필요가 없을 줄 압니다."

하고 다시 앉아 버린다. 이번에는 여자석에서 손뼉 치는 소리가 생철지붕에 소낙비 쏟아지듯 한다.

사회자는 그만 무안에 취해서 얼굴을 붉히며 매우 난처한 표정을 짓다가,

"아까 박동혁군이 말할 때는, 시간이 없다고 주의를 시킨 것이지 말의 내용을 간섭헌 것은 아닙니다."

하고 뿌옇게 발뺌을 한다. 그러자 동혁이가 벌떡 일어나 나치스식으로 팔을 들며,

"사회!"

하고 회장이 찌렁찌렁하도록 부른다.

"밤을 새우는 한이 있드래두, 이런 기회에 우리는 충분히 의견을 교환하고 싶습니다. 우선 지도 원리를 통일해 놓고나서 깃발을 드는 것이 일의 순서가 아니겠습니까?"

하고 톡톡히 항의를 한다. 사회자는 시계를 꺼내 보고 사교적 웃음을 띄우며,

"채영신씨, 그럼 내년에는 맨 먼첨 언권을 드릴 테니 그렇게 고집허지 마시고 말씀허시지요."

독특한 표현 메모하기

하고는 장내의 공기를 완화시키려고 슬쩍 농친다.

영신은 다시 망설이다가 이번에는 대접상으로 간신히 일어났다.

"저는 금년에야 참가를 했으니까, 이렇다고 보고를 헐 만한 재료가 없고요, 고생을 좀 했다고 자랑할 것도 못될 줄 압니다. 그저 앞으로 이 운동을 꾸준허게 해나갈 결심이 굳을 뿐이니까요."

하고는 그 영채가 도는 눈을 사방으로 돌리더니,

"그렇지만 저 역시 여러분께 우리 계몽대의 운동이 글자를 가르치는 데만 그치지 말고 한 걸음 더 나아가서 우리 민족의 거의 전부라고 할 만한 절대 다수인 농민들의 살 길을 열어 주기 위해서 우선 그네들에게 희망의 정신을 넣어 주자는……."

하다가 상막해서* 잠시 이름을 생각해 보더니,

"……, 박동혁씨의 의견은 저도 전적 동감입니다!"

하고 남학생 편으로 고개를 돌린다.

"여러분은 학교를 졸업하면 양복을 길러 붙이고 의사를 나누

• 상막하다_기억이 분명하지 않고 아리송하다

독특한 표현 메모하기

앉아서, 월급이나 타먹으려는 공상버텀 깨드려야 합니다. 우리 남녀가 총동원을 해서 머리를 동쳐* 매고 민중 속으로 뛰어들어서 우리의 농촌, 어촌, 산촌을 붙들지 않으면, 그네들을 위해서 한몸을 희생해 바치지 않으면 우리 민족은 영원히 거듭나지 못합니다!"

그는 무슨 말을 더 하려다가 북받쳐 오르는 흥분을 스스로 억제하지 못하고 그만 쓰러지듯이 앉아 버린다. 장내는 엄숙한 기분에 잠겼다. 말썽을 부리던 남학생들도 머리를 수그리고 있다. 그네들의 머리 속에도 감격의 물결이 출렁거리고 있었던 것이다.

매우 긴장된 중에 K보육학교(保育學校) 학생들의 코러스로 간친회는 파하였다. 동혁은 여러 학생들 틈에 섞여서 서대문행 전차를 탔다. 전차가 막 떠나려는데, 놓치면 큰일이나 날듯이 뛰어오르는 한 여학생이 있었다. 그는 동혁에게 생후 처음으로 깊은 인상을 준 채영신이었다.

영신은 승객들에게 밀려시 동혁이가 길디앉은 데까지 와서

---

*동쳐-동치다_작은 것을 칭칭 휩싸서 동이다

는, 손잡이를 붙들고 섰다. 두 사람은 아직도 흥분이 가라앉지 않은 검붉은 걸굴로 서로 무릎이 닿을 듯한 거리에서 대하게 되었다.

그들은 저도 모르는 겨를에 목례를 주고받았다. 비록 오늘 저녁 공석에서 처음 대면을 하였건만, 여러 해 사귀어 온 지기와 같이 피차에 반가웠던 것이다.

동혁은 앉아 있기가 미안해서,

"이리 앉으시지요."

하고 일어서며 자리를 내준다. 영신이 머리를 숙이며,

"고맙습니다. 전 섰는 게 시원해 좋아요."

하고 사양하면서 도리어 반걸음쯤 물러선다.

동혁은 아직도 애티가 남아 있어, 귀염성스러운 영신의 입모습을 보았다. 그 입모습을 스치고 지나가는 미소를 보았다.

"창에서 들어오는 바람이 더 시원한데요."

동혁은 엉거주춤하고 자꾸만 앉기를 권한다.

"어서 앉어 계세요. 전 괜찮아요."

"그럼 나두 서겠습니다."

동혁이가 반쯤 몸을 일으키기가 무섭게 다른 승객이 냉큼 똥

독특한 표현 메모하기

뚱한 궁둥이를 들이밀었다. 동혁은,

'어지간히 고집이 세구나.'

하면서도, 영신이가 저를 연약한 여자라고 자리를 사양하는 그런 대우가 받기 싫어서 굳이 앉지 않은 줄을 몰랐으리라.

차 속이 붐벼서 두 사람은 손잡이 하나를 나누어 쥐고 옷이 스치도록 나란히 섰건만,

"되려 미안합니다."

"천만에요."

하고 한 마디씩 주고받은 다음에는 말이 없었다.

운전대에서 쏟아져 들어오는 밤바람은 여간 시원하지가 않다. 영신은 앞 머리카락이 자꾸만 이마를 간질여서 물동이에서 떨어지는 물방울을 손등으로 뿌리듯 한다. 한 발짝쯤 앞에 선 동혁의 안반* 같은 잔등이*에서는 교복에 절은 땀냄새가 영신의 코에까지 맡힌다. 그러나 한여름 동안 머리도 감지 않은 촌 여편네들과 세수도 변변히 하지 않은 아이들 틈에 끼어 지내서 시크므레한 땀내가 코에 밴 영신은 동혁의 몸에서 풍기는 냄새가 고개

•안반_ 떡을 칠 때에 쓰는 두껍고 넓은 나무 판
•잔등이_ '등'을 속되게 이르는 말

를 돌리도록 불쾌하지는 않았다.

전차가 '감영' 앞에 와 정거를 하자, 영신은 앞을 비비고 나서며,

"전 여기서 내립니다."

하고 공손히 예를 한다.

동혁은 목을 늘이고 창밖을 내다보더니,

"나두 여기서 내려야겠는데요."

하고 영신의 뒤를 따라 내렸다. 안전지대에서 두 사람은 즉시 헤어지지를 못하고서 서성서성하다가,

"어디루 가십니까?"

하고 동혁이가 물었다.

"학교 기숙사루 가서 잘 텐데, 문 닫을 시간이 지나서 걱정이야요. 여간 규칙이 엄해야죠. 시간이 급해서 사감헌텐 말두 못허구 나왔는데요."

"그럼 쫓겨나셨군요. 물론 객지시지요?"

"네!"

두 사람은 방향을 정하지 못하고 아현리 쪽으로 나란히 서서 걷는다.

"그럼 어떡하나요? 나는 이 근처서 통학허는 친구집이 있어서 그리루 자러 가는 길이지만……."

"전 서울 사는 동무라곤 친한 사람이 하나도 없어요."

하고 영신은 다시 돌아서며,

"아무튼 기숙사로 가보겠어요."

하고 잘 가라는 듯이 인사를 한다. 동혁은 우연히 같은 전차를 탔으나, 여기까지 같이 왔다가 혼자 보내기가 안돼서,

"그럼 내 보호병정 노릇을 해드리지요."

하고 영신이가 사양하는 것을 금화산 밑에 있는 여신학교 기숙사 앞까지 멀찌감치 걸어서 따라 올라갔다.

기숙사는 불을 끈 지도 오래된 모양인데 대문을 잡아 흔들고 초인종을 연거푸 누르고 하여도 감감소식이다.

"이를 어쩌나, 인젠 숙직실루 전화를 걸어 보는 수밖에 없는데, 전화나 어딜 빌 데가 있어야죠."

하며 영신은 발을 구르면서 어쩔 줄을 모른다.

두 사람은 하는 수 없이 다시 앞서거니 뒤서거니 언덕길을 더듬으며 감영 네거리로 내려왔다. 깊은 밤 후미진 구석으로 여학생의 뒤를 따라다니는 것부터 부질없는 노릇인데 더구나 아는

독특한 표현 메모하기

사람의 눈에 띄든지 해서 재미없는 소문이 퍼지는 날이며 영신에게 미안할 것도 모르는 것은 아니다. 그러나 동혁은 밤중에 길거리를 헤매게 된 젊은 여자를 내버려 두고, 저 혼자만 휘적휘적 친구의 집으로 자러 갈수는 없었다.

영신도 건장한 남자가 뒤를 따라 주는 것이 정말 보호병정이나 데리고 다니는 것처럼 든든히 여기는 눈치를 살피고 동혁은,

"아무튼 전화나 걸어 보시지요."

하고 길가 포목전의 닫힌 빈지를 두드려서 간신히 전화를 빌려 주었다.

영신은 학교의 전화번호를 불렀다. 마지못해서 문을 열어 주고서도 귀찮은 듯이 눈살을 찌푸리고 돈을 세고 앉은 주인을 곁눈으로 보면서 두 번 세 번 걸어도 귓바퀴에서 이잉이잉 소리만 들릴 뿐, 나와 주는 사람이 없다.

"도오시데모 오이데니 나리마센까라 마다 네가이마스."

(암만해도 아니 나오니 다시 걸어 주시오.)

하고 교환수의 맵살스러운* 목소리를 듣고아, 영신은 허는 수

---

* 맵살스럽다_말이나 행동이 남에게 미움을 받을 만한 데가 있다

독특한 표현 메모하기

없이 전화를 끊고, 한숨을 내쉬면서 다시 길거리로 나왔다.

"인젠 여관으루 가실 수밖에 없군요."

동혁이도 입맛을 다셨다. 영신은,

"저 때문에 너무 걱정을 허셔서 미안합니다."

하고는 구둣부리로 길바닥을 후비듯하다가 고개를 외로 꼬고 무엇을 생각하더니,

"인젠 백선생님 집으로나 갈까 봐요."

한다.

"백선생이라니요?"

"왜 여자기독교연합회 총무로 있는 백현경씨를 모르셔요?"

"이름은 익숙히 들었지만……, 그이 집이 이 근천가요?"

영신은 전등불이 드문드문 보이는 송월동 쪽을 가리키며,

"네, 바루 저 언덕 밑이야요. 그 선생님이 농촌 문제를 강연하느라구 우리 학교에두 오시는데, 저를 여간 사랑해 주시지 않으셔요. 요새 새루 설립헌 농민수양소로 실습도 하러 같이 댕겼는데, 사정을 허면 하룻밤쯤이야 개워 주시겠지요."

그 말을 듣고 동혁은 매우 안심한 듯이,

"그럼 진작 그리루 가시질 않구……."

독특한 표현 메모하기

하고는 그만 헤어지려는 것을,

"이왕 여기꺼정 와 주셨으니, 그 집까지만 바라다 주셔요. 네?"

하고 영신이가 간청하다시피 해서, 동혁은,

'아무려나.'

하고 다시 뒤를 따랐다. 동혁이도, 조선 사회에서 누구나 모르는 사람이 없이 유명한 백현경(白賢卿)이란 여자를 간접적으로나마 알고 있었다. 말썽 많던 그의 과거로부터 최근에 세계 일주를 하고 돌아와서, 또다시 개인 문제로 크나큰 이야깃거리를 제공하였고 한편으로는 농촌사업을 한다고 강연도 다니고 저술도 하여서,

'무슨 주의를 가지고 어떠한 방법으로써 조선의 농촌 운동을 지도하려나?"

하는 점이 고등농림의 상급생인 동혁의 주의를 끌어 왔었다. 그의 사사로운 생활에는 아무런 흥미도 느끼지 않으나 그가 신문이나 잡지에 내는 논문이나 감상문 같은 것은 빼이 놓지 않고 읽어 오는 중이었다.

'과연 어떠한 인물일까?'

독특한 표현 메모하기

동혁은 적지 않은 호기심을 가지고 여자 중에는 호걸이라고 여간 숭배를 하지 않는 영신의 이야기를 듣는 동안에, 백씨의 집까지 당도하였다.

그러나 동혁은 밤중에 여기까지 여자의 뒤를 따라온 것이 새삼스레 멋쩍은 것 같고 또 백씨까지도 초면에 저를 어떻게 볼는지 몰라서 모자를 홀떡 벗으며,

"자, 난 그만 실례합니다. 기회 있으면 또 만나 뵙지요."

하고는 발꿈치를 휙 돌린다.

"왜, 그렇게 가셔요? 잠깐만 기다려 주시면 제가 소개를 할 테니, 문간에서래두 백선생님을 만나 보구 가시죠, 네? 여간 환영허지 않으실걸요."

좁다란 골목 안을 환하게 밝히는 외등 밑에서 영신은 길목을 막아서면서 조르듯 한다.

"아니오. 다음 날이나 만나게 해주세요."

하고 한 마디를 남기고, 동혁은 구두 징소리를 뚜벅뚜벅 내며 골목 밖으로 나가 버린다. 영신은 어찌하는 수 없이,

"그럼 안녕히 가셔요."

하고 큰길로 사라지는 동혁의 기다란 그림자를 서운히 바라보

독특한 표현 메모하기

다가 돌아섰다. 대문을 흔들면서,

"백선생님! 백선생님!"

하고 커다랗게 불렀다. 모기장을 바른 행랑방 들창이 열리더니 자다가 일어난 어멈이 얼굴을 반쯤 내밀며,

"한강으로 선유 나갑셔서 여태 안 들어오셨는뎁쇼."

한다. 영신은 고만 울상이 되었다.

그 이튿날 학교로 내려간 뒤에, 동혁은 며칠 동안 마음의 안정을 잃고 지냈다. 개학 초가 되어서 기숙사 안이 뒤숭숭한 탓도 있지만 영신의 첫인상이 앉으나 서나 눈앞에 떠돌아서 공연히 들썽거리는 마음을 가라앉히기에 여간 힘이 들지 않았다.

상학 시간에는 노트 위에 펜을 달리다가도 손을 멈추고 칠판 위에 환등처럼 나타나는 영신의 환영을 멀거니 바라다보기도 하고 운동장에 나가서는 축구부의 선수로 골키퍼 노릇을 하여 왔는데 상대편에서 몰고 들어와서 힘없이 질러 넣는 공도 어름어름하다가 발길이 헛나가서 막아내지 못하기를 여러 번 거듭하였다. 머칠 서울법전(法典)과 시험을 하려고 맹렬히 연습을 하는 판이라 축구부 감독으로부터,

"여보게 박군, 요새 며칠은 왜 얼빠진 사람 같은가? 이러다간

독특한 표현 메모하기

우승기를 빼앗기고 말겠네그려."

하는 주의까지 받았다. 그럴수록 동혁은,

'내가 정말 왜 이럴까?'

하고 평소에 자제심이 굳센 것을 믿어 오던 제 자신을 의심하리만큼 침착해지지 않는 것을 어찌할 수 없었다.

그 수수한 차림……. 조금도 어설픈 구석이 없는 그 체격……. 그리고 혈색 좋은 얼굴에 샛별 같이 빛나던 눈동자……. 또 그리고 언권을 주지 않았다고 말하기를 딱 거절하던 그 맺고 끊는 듯하던 태도…… 그나 그뿐인가? 남학생들에게 정면으로 일장의 훈계를 하던 정열적이면서도 결곡한 목소리! 그 어느 한가지가 머리 속에 사진 찍혀지지 않은 것이 없고 말 한마디조차 귀 밖으로 사라진 것이 없다.

'처음 보는 여자다. 외모가 예쁜 여자는 길거리에서도 더러 본 일이 있지만 채영신이처럼 의지가 굳어 보이는 여자는 처음이다. 무엇이든지 한번 결심하면 기어이 제 손으로 해내고야 말 짓 같은 여자다.'

이런 생각을 하느라고 필기를 하지 못하고, 헛발길질만 자꾸 하는 것이다. 더군다나

독특한 표현 메모하기

'박동혁씨의 의견과 전적 동감입니다.'

하던 한 마디를 입 속으로 외고 또 외고 하다가는,

'오냐 나는 비로소 한 사람의 동지를 얻었다! 내 사상의 친구를 찾았다!'

하고 부르짖으며 저 혼자 감격하는 것이었다.

아직까지 고학을 하여 온 늙은 총각으로 이성과 접촉할 기회도 없었지만, 틈틈이 여러 가지 모양의 여성을 머리 속에 그려 보고 장래를 공상해 본 것은 사실이었다. 그러나 간담회 석상에서 채영신이란 여자를 한번 보고 밤거리를 몇십 분 동안 같이 걸어 본 뒤에는, 눈앞에서 아른거리던 그 숱한 여자들의 그림자가 한꺼번에 화다닥 흩어져 버렸다. 그리고 그 대신으로 굵다락 말뚝처럼 동혁의 머리 속에 꽉 들어와 박힌 것은 '채영신' 하나뿐이었다.

'그날 무사히 들어가 잤나? 학교서 말이나 듣지 않았나?'

몹시 궁금은 하였건만, 규칙이 까다로운 여학교로 편지는 할 수 없었다. 그만한 용기야 못낼 것이 아니지만, 받는 사람의 처지가 곤란할 것을 생각하고 또다시 만날 기회만 고대하면서 한 일주일을 지냈다.

독특한 문형 메모하기

그러다가 하루는 천만 뜻밖에 영신에게서 편지가 왔다. 글씨는 난필같으나 피봉 뒤에는,

"××여자신학교 기숙사에서 채영신 올림."

이라고 버젓이 씌어 있는 것을 보니, 동혁의 가슴은 울렁거리지 않을 수 없었다.

그날 밤은 여간 실례를 하지 않았습니다. 미안한 말씀은 형용키 어렵사오며 충분히 의견을 교환하고 좋은 말씀을 듣지 못한 것도 여간 유감이 되지 않습니다. 그날 밤 백선생도 늦게야 한강에서 돌아오셔서 같이 자면서 간접적으로나마 동혁씨를 소개하였더니 좋은 동지라고 꼭 한번 만나기를 원하십니다. 토요일 저녁마다 농촌운동에 뜻을 둔 청년 남녀들이 모여서 토론도 하고 간담도 하는 모임이 백선생 댁에서 열리는데, 돌아오는 토요일에 올라오셔서 참석하시면 백선생은 물론이고요, 여러 회원들이 여간 환영을 하지 않겠습니다. 꼭 올라와 주실 줄 믿사오나 엽서로라도 미리 회답을 하여 주시면 더욱 감사하겠습니다.

동혁은 두 번 세 번 읽으며 편지를 손에서 놓을 줄 몰랐다.

독특한 표현 메모하기

영신은 그날 밤 그가 숭배하는 백씨에게 백 퍼센트로 동혁을 소개하였었다. 어쩌면 동혁이가 영신에게 대한 것보다 그 이상으로 '박동혁'이란 인물의 첫인상이 깊었는지도 모른다. 그 구리빛 같은 얼굴……. 황소처럼 건장한 체격……. 거기다가 조금도 꾸밀 줄은 모르면서도 혀끝으로 불길을 뿜어내는 듯한 열변……. 그리고 비록 처음 만났으나마 어두운 길거리로 제 뒤를 따라다니며 보호해 주면서도 조그마치도 비굴하거나 지나친 친절을 보이지 않던 그 점잖은 몸가짐…….

영신이가 입에 침이 말라서 동혁의 외모와 행동을 그려내니까, 백씨는,

"오우 그래? 온 저런. 매우 좋은 청년이로군."

하고 서양 여자처럼 연방 감탄사를 늘어놓았다.

그는 팔베개를 하고 자리 위에 비스듬히 누워 곁눈질로 흘끔흘끔 영신의 눈치를 살피더니,

"아아니, 영신이가 대번에 그 남자한테 홀딱 반한 게 아냐?"

하고 거침없이 한 마디를 하고 사내처럼 껄껄껄 웃는다. 영신의 얼굴은 금새 주황물을 끼얹는 것처럼 빨개졌다. 머리를 푹 수그린채,

독특한 표현 메모하기

"아이 선생님두……."

하고 얼굴을 들지 못하는 것을 보고 능칼진 백씨는 나이찬 처녀의 마음 속을 뚫고 들여다보는 듯이,

"그렇지, 별안간 앙가슴 한복판에 화살이 콱 들어와 박힌 것 같지? 난 못 속이지 난 못 속여."

하고 사뭇 놀려댄다. 영신은 그렇지 않다는 표시를 하느라고 억지로 얼굴을 쳐들며,

"제가 그렇게 경솔헌 여잔 줄 아셔요?"

하고 가벼이 뒤받듯 하였다. 그러면서도 고개는 다시금 부끄러움에 눌려 익은 곡식의 이삭처럼 저절로 수그러진다. 백씨는 한참이나 쌍꺼풀 진 커다란 눈을 꿈벅꿈벅하며 무엇을 생각하다가 손등으로 하품을 누르면서,

"그렇지만 지금 와서 맘에 맞는 남자가 나타났드래도……."

하고는 주저주저하더니, "벌써 약혼해 논 사람은 어떡허누." 하고 혼잣말하듯 하며 돌아누워 버렸다……

…… 영신은 사흘 뒤에 동혁의 답장을 받았다. 제 모양과 같이 뭉툭한 철필 끝으로 꾹꾹 눌러 쓴 글발은 굵다란 획마다 전기가

나를 찾는 필사 시간 _상록수 | 심훈

통해서 꿈틀거리는 듯 피봉을 뜯는 영신의 손은 가늘게 떨렸다.

주신 글월은 반가이 받았습니다. 그날 저녁에 실례한 것은 이 사람이었소이다. 남자끼리였으면 하룻밤쯤 새우는 것이 문제가 아니었겠지만, 영신씨의 사정을 보느라고 충분히 이야기할 기회를 놓치고 말았습니다. 나 같은 사람을 그러한 의미깊은 모임에 청하여 주신 것은 감사하지만, 오는 토요일에는 교우회의 책임 맡은 것이 있어서 올라가지 못하니 미안합니다. 그러나 그 다음 토요일에는 경성 운동장에서 법전과 축구시합이 있어서 올라가게 되는데, 시합이 끝나면 시간이 늦더라도 백선생 댁으로 가겠으니, 그때 반가이 뵙겠습니다.

하는 사연이었다. 영신은 그 편지를 백씨에게까지 가지고 가서 보이고 침상 머리의 일력을 하루에 몇 번씩 쳐다보면서 그 다음 토요일이 달음박질로 돌아오기만 고대하였다.

시합하는 날, 동혁은 연습할 때와 딴판으로 컨디션이 매우 좋았다. 신문사 같은 데서 후원을 하는 것도 아니요, 아직도 늦더

독특한 표현 메모하기

위가 대단해서 그런지, 넓은 운동장에 구경꾼은 반쯤밖에 아니 찼다. 중학교끼리 대항하는 야구와도 달라서 응원도 매우 조용하게 진행이 되었다. 전반까지는 골키퍼인 동혁이가, 적군이 몰고 들어와서 쏜살같이 들이지르는 볼을 서너 번이나 번갯불처럼 집어던지고 그 큰 몸뚱이를 방패삼아서 막아내고 한 덕으로 승부가 없다가, 후반에 가서는 선수 중에서 두 사람이나 부상자가 생긴 데 기운이 꺾여서 고농이 세 골이나 졌다.

그러나 최후까지 딱 버티고 서서 문을 지키다가 볼을 막아 내치는 동혁의 믿음성있고 민활*한 동작에는 박수를 보내지 않는 사람이 없었다.

동혁은 풀이 죽은 다른 선수들과 섞여서 운동장으로 나왔다. 나오다가 정문 곁에 비켜서서 저를 기다리고 있는 두 여자를 발견하였다.

"구경 오셨세요?"

동혁은 발을 멈추며, 뜻밖인 듯이 영신에게 인사를 하였다. 그 곁에 초록색 상장을 하고 시시 저를 주목하는, 나이가 한 40이나

• 민활(敏活)-민활하다_날쌔고 활발하다

독특한 표현 메모하기

되어 보이는 여자를 보자, '백현경이로구나.'하고 즉각적으로 깨달았다. 영신은 가벼이 답례를 한 뒤에,

"중간에 왔지만 썩 잘 막아내시드군요."

하고 흙과 먼지를 뒤집어쓰고 땀으로 뒤발*을 한 동혁의 몸과 얼굴을 훑어보면서,

"백선생님허구 인사하시죠."

하고 양장 부인을 소개한다. 백씨는 동혁이가 모자를 벗을 사이도 없이 다가서며,

"오우, 미스터 박!"

하고 손을 내민다. 동혁은 같이 나오던 선수들이 흘끔흘끔 돌아다보고 무어라고 수군거리며 전찻길로 건너가는 것을 보면서 흙투성이가 된 운동복 바지에다 얼른 손바닥을 문지르고 백씨의 악수를 받았다.

"박동혁이올시다. 백선생의 선성*은 많이 들었습니다."

하고 체수에 걸맞지 않게 수줍어 한다. 백씨가,

"이, 이 미스 채가 자꾸만 구경을 가사고 졸라싸서……."

• 뒤발_온몸에 뒤집어써서 바름
• 선성_전부터 알려져 있는 명성

독특한 표현 메모하기

하고 돌아다보니까, 영신은,

"아이 선생님두……, 제가 언제 졸랐어요?"

하고 백선생의 말끝을 무지르며 살짝 흘겨본다.

"아무튼 아주 파인 플레이를 보여 주셔서 여간 유쾌허지 않았습니다."

하는 백씨의 칭찬에,

"천만에요, 두 분이 오실 줄 알았으면 꼭 이길 걸 그랬습니다."

하고 동혁은 허연 이를 드러내며 운동선수다운 쾌활한 웃음을 웃어 보인다. 그때에 먼저 전차를 탄 선수들이 승강대에서,

"여보게 동혁이……."

하고 소리를 지르며 어서 오라고 손짓을 한다. 동혁은,

"가네, 가!"

하고 손을 들어 보이자, 영신이가 다가서며,

"이따가 꼭 오시죠? 시간은 7시야요."

하고 재빨리 묻는다. 동혁은,

"네, 가겠습니다."

한 마디를 던지듯 하고, 백씨에게는 인사도 할 사이가 없이 전

찻길로 달려가더니, 속력을 놓기 시작한 전차를 홱 집어탔다. 전차가 지나간 뒤에는 두 줄기 선로만 영신의 눈이 부시도록 석양을 반사하였다.

…… 동혁은 약속한 시간에 거의 일분도 어김없이 백씨의 집 대문안으로 들어섰다. 목욕을 하고 교복으로 갈아입고 와서, 중문간까지 나갔던 이 집의 주인은 그를 얼른 알아보지 못하다가,

"어서 들어오셔요. 난 누구시라구요. 시간을 썩 잘 지켜 주시는군요."

하고 팔뚝시계를 보고 너스레를 놓으며 동혁을 반가이 맞아들인다.

"댁이 훌륭헌데요."

하고 동혁이 두리번거리며 집안을 둘러본다. 3천원이나 들여서 새로 지었다는 집은 네 귀가 반짝 들렸는데, 서까래까지 비둘기장처럼 파란 펭키칠을 하였고, 분합마루 유리창에는 장미꽃 무늬가 혼란힌 휘깅을 늘여 쳤다. 미댱은 그디지 넓지 못하나 갂색 화초가 어우러져 피었는데, 그 중에는 이름과 같이 청초한 옥잠화 두어 분 황혼에 그윽한 향기를 놓는다.

독특한 표현 메모하기

먼저 온 회원들은 응접실로 쓰는 대청에 모여서 혹은 피아노를 눌러 보고, 혹은 백씨가 구미 각국으로 시찰과 강연을 하러 다닐 때 박은 사진첩을 꺼내 놓고 둘러앉았다.

그가 여류 웅변가요, 음악도 잘한다는 말은 들었지만 그 집에 피아노까지 있을 줄은 몰랐고, 독신으로 지내는 여자가 이러한 문화주택을 짓고 지낼 줄은 더구나 상상 밖이었다.

그는 대청으로 올라가서 주인의 소개로 7, 8명이나 되는 젊은 여자들과 인사를 하였다. 여자들은 입 속으로만 제 이름을 대서 하나도 기억은 할 수 없다. 남자 회원은 아직 한 사람도 안온 모양인데, 웬일인지 안내역인 영신은 그림자도 나타내지를 않는다.

'그저 안 왔을 리는 없는데…….'

동혁은 매우 궁금하기는 하나 이 구석 저 구석 기웃거리며 찾을 수도 없고, '채영신이는 왜 보이지 않느냐?'고 누구더러 물어보기도 무엇해서 한 구석 의자에 걸터앉아서 분통같이 꾸며 놓은 미릿방 치정민 둘러보있다. 백씨가 조선옷으로 가라입고 나오는데, 반쯤 열린 침실이 언뜻 눈에 띄었다. 유리 같은 양장판 아랫목에는 새빨간 비단 보료를 깔아 놓았고 그 머리맡의 자개

독특한 표현 메모하기

탁자는 초록빛의 삿갓을 씌운 전등이 지금 막 들어와서 으스름 달처럼 내리비친다. 여자의 더구나 독신으로 지내는 여자의 침실을 들여다보는 것이 실례인 줄 모르는 것이 아니다. 주인이 제가 앉은 바로 맞은 쪽의 미닫이를 열고 드나들기 때문에 자연 눈에 띄는 데야 일부러 고개를 돌릴 까닭도 없었다.

동혁은 그와 똑같이 으리으리하게 치장을 해놓은 방이 그 웃간에도 또한 이간쯤이나 엇비슷이 들여다보이는 데는 놀라지 않을 수 없었다. 그러다가,

"왜들 얘기두 안허구 있어요? 자 이것들이나 들으면서 우리 저녁을 먹읍시다."

하고 귀중품인 듯 빨간 딱지가 붙은 유성기판을 들고나오는데, 그 등 뒤를 보니까 웃목에 반간 통이나 되는 체경*이 달려 있다. 동혁은 속으로,

'오오라, 체경에 비쳐서 또 다른 방이 있는 것 같은 걸 몰랐구나.'

'기생 방이면 저만큼이나 치려 났을끼?'

---

* 체경(體鏡)_몸 전체를 비추어 볼 수 있는 큰 거울

독특한 표현 메모하기

하면서도 은근히 영신이를 기다리느라고 고개를 대문편으로 돌리곤한다. 그러자,

"아 이건 별식을 헌다구 저녁을 굶길 작정야?"

하고 백씨가 분합 끝으로 나서며 외치니까.

"네에, 다 됐어요."

하는 귀에 익은 목소리가 부엌 속에서 나더니, 뒤미처 에이프런을 두른 영신이가 양식 접시를 포개 들고 이마에 땀을 흘리면서 나온다. 동혁이가 온 줄은 벌써 알았지만 음식을 만들다 말고 내달아 번잡스러이 인사를 하기가 싫어서 이제야 나온 것이다. 동혁은 영신과 눈이 마주쳐서,

'오, 부엌 속에 있었구나.'

하면서 말 대신 웃음을 띄우고 머리만 숙여 보인다.

유성기를 틀어 오케스트라를 반주 삼으며, 여러 사람은 영신이가 만든 라이스카레와 오믈렛 같은 양식을 먹으면서 이야기판이 벌어졌다.

이야기판이 벌어졌데도 영신은 이 집의 식모와 함께 시중을 드느라고 부엌으로 들락날락하고 농민수양소 여자부에서 초대를 받아온 시골 학생들은, 처음으로 먹는 양식을 잘못 먹다가 흉

독특한 표현 메모하기

이나 잡힐까 보아 포크를 들고 남의 눈치를 보는데 백씨 혼자서 떠들어댄다. 동혁과 영신이를 번갈아 보면서 그 동안 몇십 번이나 곱삶았을* 듯한 정말(丁抹:네덜란드)의 시찰담으로부터 구미 각국의 여성들의 활동하는 상황 같은 것을 풍을 쳐가며 청산유수로 늘어놓았다.

청년회의 농촌지도부 간사로 있는 얼굴이 노란 김씨라는 사람이 늦게야 참석을 해서 인사를 하였을 뿐이요, 남자는 단 두 사람이라, 동혁은 잠자코 제자리에 오는 음식만 퍼넣듯하고 앉았다.

영신이가 모박아서 두둑이 담아 준 라이스카레 한 접시를 게 눈 감추듯 하고는 점직하니* 앉았는 동혁을 보고 백씨는,

"이봐 영신이, 이 미스터 박은 한 세 그릇 자셔야 헐걸."

하고 더 가져오라고 눈짓을 한다. 영신은 저도 그런 생각을 했다는 듯이 카레 건더기를 담은 것을 남비째 들고 와서,

"첫번 솜씨가 돼 맛은 없지만, 냉기시면 안돼요."

하고 귓속말하듯 한다. 동혁은,

"허, 이건 나를 밥통으로 아시는군요."

---

* 곱삶았을-곱삶다_두 번 삶다
* 점직하다_부끄럽고 미안하다

하며 이 집에 와서 처음으로 영신이와 말을 주고받았다.

식사가 끝난 뒤에는 차가 나오고 실과가 나왔다.

백씨는 잠시도 입을 다물 사이가 없이 '우리의 살 길은 오직 농촌을 붙드는 데 있다.'는 것과 '여러분들과 같은 일꾼들의 어깨로 조선의 운명을 짊어져야 한다.'는 등 열변을 토한다.

여러 사람들이 매우 감동이 된 듯 머리를 숙이고 있는 것을 보고 백씨는,

"미스터 박, 그 동안 많이 활동을 허셨다니 그 얘기를 좀 들려주시지요, 많은 참고가 될 줄 믿습니다."

하고 농촌운동에 관한 감상을 묻는다. 동혁은,

"나는 여러분의 말씀을 들으려구 왔으니까요……."

하고 사양을 하여도, 무슨 말이든지 해달라고 굳이 조르다시피 하니까, 동혁은 못 이기는 체하고 찻잔을 입에서 떼며 뒤통수를 긁적긁적하더니,

"그럼 한 마디 허지만 들으시기가 좀 거북허실는지두 모를 거요."

하고 뒤를 다진다*.

---

* 뒤를 다지다_ 뒷일이 잘못되지 않게 하기 위하여 미리 다짐받다

"온 천만에, 좋은 말은 귀에 거슬리는 법이라는데요."

사교에 능란한 백씨라 낯을 조금 붉히는 듯하면서도 그만한 대답쯤은 예사로 한다. 동혁은 실내의 장식과 여러 사람의 얼굴을 다시 한번 둘러본 뒤에,

"나는 뒷구멍으로 남의 흉을 본다든지 당자가 듣지 않는데 뒷공론을 허는 걸 싫어하는 성미예요."

하고 화두를 꺼내더니 목소리를 떨어뜨려,

"이런 모임이 고적허게 지내는 백선생을 가끔 위로해 드리는 사교적 회합이라면 모르지만 농촌을 지도헐 분자들이 장래에 헐 일을 의논하려는 모임 같지는 않은 감상이 들었어요."

하고 눈도 깜짝거리지 않고 쳐다보는 영신을 향해서 말하듯이,

"나는 이런 정경을 눈앞에 그려 보고 있었는데……, 들판의 정자라구 헐 수 있는 원두막에서 우르르이 모였다고 칩시다. 몇 사람은 밭으로 내려가서, 단내가 물큰*허구 코를 찌르는 참외나 흰이름이니 되는 수박을 둥둥 두드러 보고는 꼭지를 비틀어서

---

* 물큰_냄새 따위가 한꺼번에 확 풍기는 모양

독특한 표현 메모하기

이빨이 제리두룩 찬 샘물에다가 흠씬 담거 두거든요. 그랬다가
해가 설핏헐 때 그눔을 끄내설렁 쩍 뻐놓구는 삑 둘러앉어서 어
적어적 먹어 가며 얘기를 했으면, 아마 오늘 저녁의 백선생인 하
신 말씀이 턱 어울릴 겝니다."

하고 의미깊게 듣는 듯이 고개만 끄덕여 보이는 주인을 흘낏
본다.

영신은,

"아이, 말만 들어두 침이 괴네."

하고 재미있는 옛날 이야기를 듣는 어린애처럼 다가앉는다.
동혁은 물끄러미 영신을 보다가 말을 계속한다.

"석양판에 선들바람이 베옷 속으루 스며들 적에 버드나무의
매미 쓰르래미 소리가, 피아노나 유성기 소리버덤 더 정답구 깨
끗헌 풍악소리루 들려야 허겠는데……, 어째 오늘 저녁엔 서양
으로 유람이나 온 것 같은 걸요."

하고 시침을 딱 갈기고 한 마디 비꼬아 던지는 바람에 백씨는
그만 자좀심을 상한 듯 동혁과는 외면을 한 채,

"그야 도회지에서 살게 되니까 외국 사람허구 교제 관계두 있
어서 자연 남 봄에도 문화생활을 허는 것 같겠지요. 그렇다구 내

독특한 표현 메모하기

가 그런 시굴* 취미를 모르는 줄 아시면 그건 오핸 걸요."

하고 변명 비슷이 한다. 동혁은 그런 말이 나올 줄 알았던 것처럼,

"취미요? 시굴 경치에 취미를 붙인다는 것과 농민들과 똑같은 생활을 해가면서 우리의 감각까지 그네들과 같어진다는 것과는 딴판이 아닐는지요? 값비싼 향수나 장미꽃의 향기를 맡아 오던 후각이, 거름구덩이 속에서 두엄 썩는 냄새가 밥 잦히는* 냄새처럼 구수하게 맡아지게까지 돼야만, 비로소 지도자로서의 자격이 생길 줄 알어요. 농촌운동자라는 간판을 내걸은 사람의 말과 생활이, 이닥지 동떨어져서야 되겠습니까?"

하고 나서, 동혁은 제가 한 말이 좀 과격한 듯해서,

"반드시 백선생더러만 들으시라는 말씀이 아닙니다. 허지만 농촌운동일수록 무엇버덤 실천이 제일일 줄 알어요. 피릴 부는 사람 따루 있고, 춤을 추는 사람이 따루 있던 시대는 벌써 지났으니까요. 우리는 피리를 불면서 동시에 춤을 추어야 합니다. 요령을 밀쓴하면 우리는 넘의 등뒤에 숨어서 넝넝하는 상관이 되지

---

* 시굴-시골_주로 도시보다 인구수가 적고 인공적인 개발이 덜 돼 자연을 접하기가 쉬운 곳
* 잦히다_밥물이 끓으면 불의 세기를 잠깐 줄였다가 다시 조금 세게 해서 물이 잦아지게 하다

독특한 문형 메모하기

말고, 앞장을 서서 제가 내린 명령에 누구버덤 먼저 복종을 하는 병정이 돼야만 우리의 운동이 성공허겠단 말씀입니다."

이 말을 하기에 동혁은 이마에 땀을 다 흘렸다. 그동안 백씨는 몇 번이나 얼굴의 표정이 야릇하게 변하다가 무슨 생각에 잠긴 모양인데, 영신은 눈을 내리감고 앉았으나 동혁이가 말구절마다 힘을 들일 때는 무엇에 꾹꾹 찔리는 것처럼 어깨와 젖가슴이 움직이는 것을 동혁은 정면으로 보았다.

백씨가 자기의 변명을 기다랗게 늘어놓으려는 기세를 살피고, 동혁은 기둥에 걸린 뻐꾸기 시계를 쳐다보더니,

"기차 시간이 돼서, 그만 실례하겠습니다."

하고 일어선다. 백씨는 형식적으로,

"왜 어느새……."

하고 붙잡는 체하는데, 영신이도 시계를 쳐다보더니,

"참 저두 가야겠어요."

하고 따라 일어선다.

두 사람은 큰길로 나왔다. 싱기가 되있던 뺨을 스치는 바람이 여간 시원하지가 않다.

독특한 표현 메모하기

"우리 산보나 할까요?"

"기차 시간이 되지 않았어요?"

"오늘 못가면 내일 첫차루 가지요. 하룻밤쯤 새우는 건 문제가 아니지요. 영신씨가 또 쫓겨나실까 봐서……."

"전 괜찮아요. 쫓겨나면 고만이죠."

영신은 동혁이가 또 그래도 뿌리치고 갈까 보아 도리어 겁이 났던 판이라

'어디로 갈까?'

하고 고개를 갸우뚱하다가,

"그럼 목두 마른데 악박골루 가서 약물이나 마실까요?"

하고 독립문 쪽으르 향해서 앞장을 선다.

"참, 악박골이 영천(靈泉)이라구두 허는 덴가요?"

"여태 한 번두 못 가보셨어요?"

"온 시굴뚜기가 돼서……."

"누군 시굴 사람이 아닌가요. 우리 고장은 옛날에 서울 양반들이 기양살이 허리 오던 동해번의 조그만 이춘인데요, 동혁씨의 고향은 저번에 소개를 해주셔서 잘 알았지만 거기도 어지간히 궁벽한 데더군요."

독특한 표현 메모하기

두 사람은 천천히 걸어가면서, 서로 자기네 고향의 풍경과 주민들의 생활하는 형편을 좀더 자세히 이야기하였다.

버스는 그친 지도 오랜 듯, 큰길 양옆의 가게는 빈지*를 닫기 시작한다. 독립문을 지나 서대문 감옥 앞 넓은 마당까지 오니까 전등불이 검숭* 드뭇*해지고, 오고 가는 사람도 드물어서 어두운 골목 속으로 드나드는 흰 옷자락만 희뜩희뜩 보일 뿐.

떠오른 지 얼마 안되는 하현달은 회색빛 구름 속에 숨었다가는 흐릿한 얼굴 반쪽을 내밀고 감옥은 높은 담안을 들여다보고 있다. 악박골 물터 위의 조그만 요릿집에서는 장구 수리와 함께 노랫가락이 흘러나온다. 건달패와 논다니*들이 어우려져서 약물이 아닌 누룩 국물을 마시고 그 심부름을 하는 모양이다.

동혁은 다른 사람이 하는 대로 돈 십 전을 주고, 약물 한 주전자와 억지로 떠맡기는 말라빠진 굴비 한 마리를 샀다.

"온, 샘물을 다 사먹는담."

하고 한 바가지를 철철 넘치도록 따라서 영신에게 권한다.

• 빈지-널빈지_한 짝씩 끼웠다 떼었다 할 수 있게 만든 문
• 검숭_여리게 거무스름하다
• 드뭇하다_촘촘하지 아니하고 성기고 드물다
• 논다니_웃음과 몸을 파는 여자를 속되게 이르는 말

독특한 표현 메모하기

"주전자 꿀허고 약이 되기는커녕 배탈이 나겠어요."

하면서도, 한창 조갈*이 심하던 판이라, 둘이 번차례*로 한 사발씩이나 벌떡벌떡 마셨다. 물이야 정하나마나 폭양에 운동을 한데다가 한여름 동안 더위에 들볶이던 오장은 탄산수를 마신 것처럼 쏴아하고 씻겨 내려가는 것 같은데, 골 안으로 스며드는 밤기운에 속적삼에 배었던 땀이 선뜩선뜩할 만큼이나 서퇴*가 되었다.

두 사람은 으슥한 언덕 밑 바위 아래에 손수건을 깔고 앉았다. 등뒤 송림 속에서 누군지 청승맞게 단소를 부는 소리가 들린다. 영신은 한참이나 말없이 머리를 숙이고 있다가

"감옥 속에 갇힌 사람이 자다 말고 저 소릴 들으면 퍽 처량허겠어요."

하고 얼굴을 든다. 구름을 벗어난 창백한 달빛은 고향 생각에 잠겼던 그의 얼굴을 씻어 내린다.

"참, 사람의 일이란 알 수 없군요."

---

* 조갈(燥渴)_입술이나 입 안, 목 따위가 타는 듯이 몹시 마름
* 번차례(番次例)_돌려 가며 서로 번갈아드는 차례
* 서퇴(暑退)_더위가 물러감

독특한 표현 메모하기

동혁이도 약간 애상적인 감정에서 눈을 번쩍 뜨며 혼잣말하듯 한다.

"왜요?"

영신의 눈은 동그래졌다.

"몇 주일 전까지는 백판 이름두 모르던 우리가 이렇게 한자리에 앉아서 약물터의 달을 똑같이 쳐다볼 줄이야 꿈이나 꾸었겠어요?"

"정말요, 이것두 하나님의 뜻인가 봐요."

"참 영신씨는 크리스찬이시지요?"

"전 어려서부터 믿어 왔어요. 왜 동혁씨는 요새 유행하는 막스주의자셔요?"

"글쎄요. 그건 차차 두구 보시면 알겠어요. 아무튼 신념을 굳게 하기 위해서나 봉사의 정신을 갖기 위해서는 신앙생활을 허는 것두 좋겠지요. 그렇지만 자본주의에 아첨을 허는 그따위 타락헌 종교는 믿구 싶지 않어요."

허다가 영신이가 무이리고 길문을 힐 기세를 보이니까 동혁은,

"종교 문제 같은 건 우리 뒀다가 토론허십시다. 그버덤 더 중

나를 찾는 필사 시간_상록수 | 심훈

독특한 표현 메모하기

요한 얘기가 있으니까."

하고 동혁은 손을 들어 미리 영신의 말문을 막아 버렸다. 그리고는 눈을 딱 감고 한참이나 이슬에 젖은 숲속의 벌레 소리를 듣고 있더니,

"나는 이런 생각을 하고 있어요."

하고 웅숭깊은* 목소리로 말을 꺼낸다.

"간담회 석상에서 영신씨가 하신 말씀을 듣구 감복을 했지만, 내가 농촌의 태생이면서두 여러 해 나와 있다가 직접 농촌 속으루 들어가 보니까, 참말 그네들의 사는 형편이 말이 아니에요. 신문이나 잡지에서 떠는 것버덤 몇 곱절 비참하거든요."

하고 한참이나 뜸을 들이다가 마른 침을 삼키더니, 오래 전부터 각오를 하고 있었던 것처럼,

"나 자진해서 학교를 퇴학하고 싶어요."

하고는 다시금 생각에 잠긴다. 숲속에서 반득이는 반딧불을 들여다보며, 동혁의 말에 귀를 기울이고 있던 영신은 얼굴을 번찍 들며,

---

• 웅숭깊다_1.생각이나 뜻이 크고 넓다 2.사물이 되바라지지 아니하고 깊숙하다

독특한 표현 메모하기

"왜요? 일년 반만 더 댕기시면 졸업을 허실 텐데요?"

하고 놀라운 듯 눈을 크게 뜬다.

"고만 둘 수밖에 없어요. 중학교 때엔 억지를 쓰구 별별짓을 다해가면서 고학을 했지만, 나 하나 공부를 시키시려구 아버지는 올봄까지 대대루 내려오던 집앞 논까지 거진 다 팔으셨에요. 졸업만 허면 큰수나 날 줄 알구 계량할 것도 안 남기신 모양인데 내가 졸업이라구 헌댔자 바루 취직두 허기 어렵지만 무슨 기수(技手)라는 명색이 붙는대야 월급이라군 고작 사오십 원밖에 안 될테니 그걸 가지구 객지에서 물 밥 사먹어 가며 양복 해 입구 소위 교제비까지 써가면서 수다한 식구를 먹여 살릴 수가 있겠어요? 되려 빚만 자꾸 지게 되지요. 그러니까 나머지 땅마지기나 밭날갈이*를 깡그리 팔아없애구서, 거산을 허게 되기 전에 하루바삐 집으로 돌아가서 넘어진 기둥을 버티고 다시 일으켜 세울 도리를 차려야겠어요. 까딱허면 굶어 죽게 될 형편이니까요."

"……"

영신은 동혁의 사정노 박하시니와 그만 못지않게 말이 아닌

• 밭날갈이_며칠 동안 걸러서 갈 만큼 큰 밭
• 거산(擧散)_집안 식구나 한곳에 살던 사람들이 모두 뿔뿔이 흩어짐

독특한 문형 메모하기

저의 집의 형편을 생각하느라고 말대답도 아니하고 있다가 한참 만에야 한숨을 섞어,

"제 사정은 백선생밖에는 아무헌테두 말헌 적이 없어요. 홀로 되신 우리 어머니는 육십 노인이 딸 하나 공부를 시키느라구 입 때 생선 광주리를 이구 댕기셔요. 올 여름엔 더위를 잡숫고 길바 닥에가 쓰러지신 걸 동네 사람들이 업어다 눕혀 드렸어요. 그렇 건만 약 한첩 변변히……."

그는 그만 목이 메었다가 간신히 입술을 떨며,

"정신을 잃으신 동안에 어느 몹쓸 놈이 푼푼이 모아 넣으신 돈 주머니를 끌러 가서 그게 원통해 밤새두룩 우시는데……."

하고 영신은 가슴 속으로부터 치밀어오르는 울음을 참느라고 잇자국이 나도록 손가락을 깨문다.

동혁은 몹시 우울해졌다. 가슴이 턱 막힌 듯이 갑갑해서 더운 입김을 후……하고 내뿜는다.

숲속의 벌레 소리도 바위 틈으로 졸졸졸 흘러내리는 샘물 소 리도 두 사람의 귀에는 들리지 않는 듯 동혁은,

'내가 공연히 그런 소리를 끄집어냈구나.'

하고 바로 정수리 위에서 황금빛으로 반짝이며 내려다보는

유난히 큰 별을 원망스러이 쳐다보다가 영신의 앞으로 바싹 다가앉으며,

"자, 우리 그런 생각은 고만허십시다. 어쨌든 우리는 명색 전문학교까지 댕겨 보니까, 여간 행복된 사람들이 아니지요."

하고 목소리 부드러이 영신을 위로한다.

"참말 공부니 뭐니 다 집어치구 시골루 내려가야겠어요. 공부를 한다는 핑계로 서울 와서 나 혼자 편안히 지내는 게 어머니께나 동리 사람들한테까지 큰 죄를 짓는 것 같아요. 첨엔 멋도 모르구서 무슨 성공을 하구야 내려간다구 하나님게 맹세꺼정 허구 올라왔지만요……, 더군다나 아까 백선생 댁에서 허신 말씀을 듣구 이제까지 지내온 걸 여간 뉘우치지 않았어요."

그 말을 듣자 동혁은 벌떡 일어섰다. 양복 바지에다가 두 손을 지르고 거진 궐련 한 개를 태울 동안이나 왔다갔다하며 무슨 생각에 잠겼다가, 영신의 앞으로 다가가며,

"영신씨!"

히고 힘치게 부른다.

"우리 둘이 만나서 한 십년이나 사귄 동지처럼 가슴을 터놓구 하룻밤을 세운 기념을 우리 영원히 남기십시다."

나를 찾는 필사 시간_상록수 | 심훈

하고 중대한 동의를 한다.

"어떻게요?"

영신의 눈은 달빛에 새파랗게 빛난다. 동혁은 버썩* 대들어 그 소댕* 같은 손으로 서슴치 않고 여자의 두 손을 덥석 잡으며,

"우리 시굴루 내려갑시다! 이번 기회에 공부구 뭐구 다 집어치구서 우리의 고향을 지키러 내려갑시다! 한 가정을 붙든다느니 버덤두 다 쓰러져 가는 우리의 고향을 붙들기 위한 운동을 일으키기 위해서 자 용기를 냅시다! 그네들을 위해서 일을 허다가 죽는 한이 있드래두 선구자로서의 기쁨과 자랑만은 남겠지요."

영신이가 무엇에 아찔하게 취한 듯이 눈을 내리감고 있는 것은 불시에 두 방망이질을 하는 심장의 고동을 진정하려 함이다. 그는 마주 일어서서 동혁에게 으스러지도록 잡힌 두 손에 힘을 주며,

"고맙습니다! 당신 같으신 동지를 얻게 해주신 하나님께 감사합니다."

영신은 더 길게 말하지 않았다. 이느딧 인왕산 너머로 기울어

---

* 버썩_아주 가까이 들러붙거나 죄는 모양
* 소댕_솥을 덮는 쇠뚜껑. 가운데가 볼록하게 솟고 복판에 손잡이가 붙어 있다

가는 달빛 아래서 두 남녀의 마주 쏘아보는 네 줄기 시선은 비상

한 결심에 빛나고 있었다.

독특한 표현 메모하기

6. 제3의 고향

'나의 경애하는 동혁씨!'

영신이가 한곡리를 떠난 지 사흘만에 온 편지의 서두에는 전에 단골로 쓰던 '존경'의 두 자의 높은 존(尊)자가 떨어지고 그 대신으로 사랑 애(愛)자가 또렷이 달렸다.

무한한 감사와 가슴 벅찬 감격을 한아름 안고 무사히 저의 일터로 돌아왔습니다. 그 감사와 감격은 무덤 속으로 들어간 뒤까지라도 영원히 잊지 못하겠습니다.

떠날 때에 바쁘신 중에도 여러분이 먼 길을 전송해 주시고 배표까지 사주신 것만 해도 염치없는데, 꼭 배안에서 뜯어 보라고 쥐어 주신 봉투 속에 십원짜리 지전 한 장이 들어 있는 것을 보

독특한 표현 메모하기

고 놀랐습니다. 몇 번이나 다시 돌려보내려고 하였으나 한창 어려운 고비를 넘는 농촌에서 십 원이란 큰 돈을 변통하기가 얼마나 어려우셨을 것을 알고 또는 제가 떠나기 전날 밤에 이 돈을 남에게 취하려고 몇십 리 밖까지 가셨다가 늦게야 돌아오셨던 것이 이제야 짐작되어서 차마 도로 부치지를 못하였습니다. 몸보할 약이라도 한 제 지어먹으라고 간곡히 부탁은 하셨지만, 백원천원보다도 더 많은 이 돈을 저 한몸의 영양을 위해서는 쓸 수 없습니다. 그래로 꼭 저금해 두었다가 가을에 지으려는 학원 마당 앞에 종을 사서 달겠습니다. 아침 저녁 저의 손으로 치는 그 종소리는 저의 가슴뿐 아니라 이곳 주민들의 어두운 귀와 혼몽*히 든 잠을 깨워 주고 이 청석골의 산천초목까지도 울리겠지요.

나의 경애하는 동혁씨!

자동차가 닿은 정류장에는 부인친목계의 회원들과 내 손으로 가르치는 어린이들이 수십 명이나 마중을 나와서 손과 치마꼬리에 내어덜리며 어찌나 반가와서 날뛰는지 눈물이 자꾸만 쏟어지

---

* 혼몽_정신이 흐릿하고 가물가물함

독특한 표현 메모하기

는 것을 간신히 참았어요.

　더구나 계집아이들은 거의 십리나 되는 산길을 날마다 두 번 씩이나 나와서 자동차 오기를 까맣게 기다리다가 '우리 선생님 아주 도망갔다'구 홀짝홀짝 울면서 돌아가기를 사흘 동안이나 하였다고 합니다. 이 세상에서 어느 누가 그다지도 안타까이 저를 기다려 줄 사람이 있겠습니까. 이 변변치 못한 채영신이를 그다지도 따뜻이 품어 줄 고장이 이 세계의 어느 구석에 있겠습니까?

　나의 경애하는 동혁씨!

　이번 길에 저는 고향 하나를 더 얻었어요. 한곡리는 저의 제 3의 고향이 되고 말았어요. 저와 한평생 고락을 같이 하기로 군게 군게 맹세해 주신 당신이 계시고, 씩씩한 조선의 일꾼들이 있고, 친형과 같이 친절히 굴어 주던 건배씨의 부인과 동네의 아낙네들이 살고 있는 곳이 어째서 저의 고향이 아니겠습니까? 저는 새로 얻어서 첫정이 든 고향을 꿈에라도 잊기를 못하겠습니다. 그리고 저의 가슴에 저의 저의 가슴에 피를 끓이던 그 애향가의 합창을……

독특한 표현 메모하기

나의 가장 경애하는 동혁씨!

저는 행복합니다. 인제는 외롭지도 않습니다. 큰덕미 나루터 커다란 바윗덩이와 같이 변함이 없으실 당신의 사랑을 얻고 우리의 발길이 뻗치는 곳마다 넷째 다섯째 고향이 생길 터이니 당신의 곁에 앉았을 때 만큼이나 제 마음이 든든합니다.

저의 가슴은 오직 하나님께 대한 감사와 기쁨으로 충만합니다. 그러나 그와 동시에 이 몸의 책임이 더한층 무거워진 것을 깨닫습니다. 청석골의 문화적 개척사업을 나 혼자 도맡은 것만 하여도 이미 허리가 휘도록 짐이 무거운데 우리의 사랑을 완성할 때까지 불과 3년 동안에 그 기초를 완전히 닦아 놓자면 그 앞길이 창창한 것 같습니다. 양식 떨어진 사람이 보릿고개를 넘기는 것만큼이나 까마아득한 것 같습니다. 그러나 저는 그런 생각이 들때마다 '우리들은 가난하고 힘은 아직 약하나, 송백처럼 청청하고, 바위처럼 버티네'하고 애향가의 둘째 절을 부르겠어요!

나에게 다만 한 분이신 동혁씨!

그러면 부디부디 건강히 일 많이 하여 주십시오. 그 동안 밀린 일이 많고 야학시간이 되기도 전에 아이들이 몰려와서 오늘

독특한 표현 메모하기

은 더 길게 쓰지 못하니 이 편지보다 몇 곱절 긴 답장을 하여 주십시오. 다른 회원들에게 안부 전해 주시고 건배씨 내외분에게도 틈나는 대로 따로이 쓰겠습니다.

×월 ××일

당신께도 하나뿐인 채영신 올림

영신은 어머니에게와 아버지가 혼인을 정해 준 남자에게도 편지를 썼다. 앞으로 몇해 동안 결혼문제 같은 것은 염두에도 두지 않겠고 또는 이 뒤에라도 당신과는 이상이 맞지 않고 주의가 틀려서 억지로 결혼을 한대도 결단코 행복스러운 생활을 할 수가 없겠으니 이 편지를 보고는 아주 단념해 주기를 바란다는 최후의 통첩을 띄웠다.

동혁이와 30년 동안이라도 기다리겠다는 언약을 한 이상 연애니 결혼이니 하는 번거로운 문제로 새삼스러이 머리를 썩힐 시간도 없고, 그렇다고 그대로 질질 끌고 나가는 것은 여러 해를 두고 지를 유념해 온 상대자에게 대해서 매우 미안하기도 하였던 것이다.

독특한 표현 메모하기

한 일주일 뒤에야 어머니에게서는

'진정으로 네 생각이 그렇다면 인력으로 못할 노릇이나 딸자식 하나로 해서 이 어미는 죽어도 눈을 감지 못할 줄이나 알아다오.'

하는 대서편지가 왔고 금융조합에 다니는 남자에게서는,

'얼마나 이상이 높고 주의가 맞는 남자와 결혼을 해서 이 세상 복록*을 골고루 누리며 사나 두고 보자. 아무튼 조만간 직접 만나서 최후의 담판을 할 테니 그런 줄 알라.'

는 저주 비슷한 회답이 왔다. 그 사람이야 다시 오건 말건 영신은 남이 억지로 짊어지워 준 무거운 짐을 벗어 버린 것만큼이나 마음이 거뜬하였다.

'자, 이젠 일이다! 일하는 것밖에 없다. 앞으로 3년이란 세월을 지루하지 않게 보내기 위해서라도 힘껏 일을 하는 수밖에 없다.'

하고 제 몸을 스스로 채찍질하였다. 일주일 동안 한곡리에서 받은 자극도 컸거니와 동혁이의 약혼을 한 깃으로 밀비암아 여

---

* 복록(福祿)_타고난 복과 벼슬아치의 녹봉이라는 뜻으로, 복되고 영화로운 삶을 이르는 말

독특한 표현 메모하기

간 큰 충동을 일으킨 것이 아니다. 그래서 청석골로 돌아온 뒤에도 며칠 동안은 일이 손에 잡히지를 않고 그때까지도 흥분이 가라앉지를 않았다. 그러나 그 반면으로 건강은 아주 회복이 되어서 먼동이 훤하게 틀 때에 일어나 기도회와 참례를 하고 낮에는 학원을 지을 기부금으르 모집하러 몇십 리 밖까지 다니거나, 그렇지 않으면 부인 친목계의 계원들과 같이 발을 벗고 들어서서 원두밭을 매고 풀을 뽑고 하다가 저녁을 먹고 나면 그 자리에 쓰러지고 싶은 것을 간신히 참고 예배당으로 가야 한다. 가서는 서너 시간이나 아이들과 아귀다툼을 해가면서 글을 가르치고 나오면 다리가 굳어오르는 것 같고 고개를 곧을 힘까지 빠져서 길가의 잔디밭만 보아도 턱 누워 버리고 싶은 것을 간신히 참았다. 사숙하는 집까지 와서는 자리도 펼 사이가 없이 곯아 떨어진다. 그렇건만 아침에 벌떡 일어나서 냉수에 세수를 하고 나면 새로운 용기가 솟는다. 아침마다 제 시간이 되면 동혁이가 부는 나팔 소리가 바람결에 들려오는 것 같아서, 더 좀 누웠을래야 누워 있을 수기 없었디.

아이들까지 놀 새가 없는 농번기가 닥쳐왔건만 강습소의 아이들은 나날이 늘어 오리 밖 십리 밖에서까지 밥을 싸가지고 다

독특한 표현 메모하기

니고 기부금이 단돈 몇원 씩이라도 늘어가는 것과 친목계의 계원들도 지도하는 대로 한몽뚱이가 되어 한 사람도 마을을 다니거나 버정거리는* 사람이 없이 닭을 기르고 누에를 치고 또 베를 짰다.

영신은 그러한 재미에 극도로 피곤하건만 몸이 괴로운 줄을 모르고 하루 이틀을 보냈다. 사업이 날로 늘어가고 모든 성적이 뜻밖으로 좋아질수록 끼니때를 잊을 적도 있고 심지어는 며칠씩 머리도 빗지 못하기가 예사였다.

그러나 틈이 빠끔하게 나기만 하면 동혁의 환영(幻影)에게 정신이 사로잡히는 것은 어찌할 수 없는 일이었다. 그 바닷가의 기울어가는 달밤…… . 모래 위에 그 육중한 몸뚱이를 몸부리치며 사랑을 고백하던 동혁이…… , 온 몸뚱이가 액체로 녹을 듯이 힘차게 끌어안던 두 팔의 힘…… , 숨이 턱턱 막히던 불같은 키스…… .

영신은 그 장면이 머리 속에 떠오르기만 해도 가슴이 설레고 얼굴이 회끈회끈 달았다. 그날 밤 그 허늘에 떴던 달이니 별들

---

* 버정거리다_부질없이 짧은 거리를 자꾸 오락가락 거닐다

밖에는 그 장면을 본 사람이 없으니 아무도 두 사람의 마음 속의 비밀을 알리 없건만 그래도 동혁의 생각이 불현듯이 나서 멀리 남녘 하늘의 구름을 바라보고 섰을 때에는 곁에 있는 사람이 제 속을 뚫고 들여다보는 것 같아서 머리가 저절로 수그러들기도 여러 번 하였다.

동혁에게서는 꼭 일주일에 한 번씩 편지가 왔다. 사연은 간단한데 여전히 보고 싶다든지 그립다든지 하는 말 한 마디도 없고, 다만 영신의 건강을 축수하는 것과, 새로 계획하는 일이나 방금 실지로 해 나가는 일이 어떻다는 것만을 문체도 보지 않고 굵다란 글씨로 적어 보내는 것뿐이었다. 그러나 영신은 그 편지를 틈틈이 꺼내 보는 것, 오직 그것만이 큰 위안거리였다.

그 동안 영신의 수입이라고는 경성연합회에서 백현경의 손을 거쳐 생활비 겸 사업을 보조하는 의미로 다달이 30원씩 보내 주는 것밖에 없었다. 원재 어머니라는 젊어서 홀로 된 교인의 집 건너방에 들어서 밥값 8원만 내면 방세는 따로 내시 않았다. 옷이라고는 그 곳 여자들과 똑같은 보병것을 입고 겨울이면 학생 시대에 입던 헌털재킷 하나가 유일한 방한구인데 구두도 아니 신

독특한 표현 메모하기

고 고무신을 끌고 다니니, 통신비 신문 잡지 대금해서 10여 원만

가지면 저 한몸은 빠듯이 먹고 지낼 수가 있었다. 그래서 나머지

20원도 못되는 돈으로 이태 전부터 강습소와 그 밖의 모든 경비

를 써온 것이다. 월사금을 한푼이라도 받기는커녕 그 중에서 어

려운 아이들의 교과서와 연필, 공책까지도 당해 주고, 심지어 넝

마가 다 된 옷을 입고 다니는 것을 보면 장에 가서 옷감까지 끊어

다가 소문 안 나게 해 입힌 것이 한두 벌이 아니었다. 더구나 아

이들이 장난을 하다가 다치거나 배탈이 나든지 하면 으레 '선생

님'을 부르며 달려오고 나중에는 동네 사람들까지 영신을 무슨

고명한 의사로 아는지,

"채선생님, 제 둘째 새끼가 복학을 앓는뎁쇼, 신효헌 약이 없

습니까?"

하고 찾아와서 손길을 마주 비비는 사람에,

"아이구, 우리 딸년이 관격*이 돼서 자반 뒤집기를 허는데, 제

발 적선에 어떻게 좀 살려 줍쇼."

하고 발을 동동 구르는 얼굴도 모르는 아낙네에, 낫으로 손가

•관격_먹은 음식이 갑자기 체하여 가슴 속이 막히고 위로는 계속 토하며 아래로는 대소변이 통하
지않는 위급한 증상

독특한 표현 메모하기

락으르 베인 머슴에 도끼로 발등을 찍힌 나무꾼 할 것 없이 급하면 채선생을 찾아온다. 영신은,

"이건 내가 성이 채가니까 옛날 채동지가 여자루 태난 줄 아우?"

하고 어이가 없어서 웃을 때도 있었다. 그러면서도 그네들을 하나도 그대로 돌려보낼 수가 없어서 내복약도 주고 겉으로 치료도 해주었다. 그러니 그 시간과 비용도 적지 않다. 붕대, 소독약, 옥도정기, 금계랍, 요드포름 할 것 없이 근자에는 한 달에 약품값만 십원 씩이나 들었다. 그래도 오히려 모자라는데, 그네들은 채선생이 병만 잘 고칠 줄 아는 것뿐 아니라, 화수분이나 가진 것처럼 돈도 뒷구멍으로 적지 않아 버는 줄 아는 모양이다.

보통 사람은 불러다 볼 생의도 못하는 공의가 그나마 사십리 밖 읍내에 겨우 한 사람이 있고 장거리에 의생이 두어 사람 있다고는 하나 옛날처럼 교군이나 보내야 온다니 이 근처 백성들은 무료로 치료를 해주는 채선생을 찾아올 수밖에 없는 것이다. 그래서 영신의 방이 어떤 때는 진찰실이 되고 벽장 속은 양약국의 약장같았다. 나날이 명망이 높아가는 '채 의사'는 병을 고쳐 주는 데까지 재미가 나서 빚을 얻어가면서라도 급한 때 쓰는 약으

독특한 표현 메모하기

르 떨어뜨리지 않으려고 애를 썼다. 아베마성 이질로 죽어가던 사람이 에메틴 주사 한 대로 뒤가 막히고 가슴앓이로 펄펄 뛰던 사람이 판토폰 한 대로 진정이 되는 것은 여간 신기하지가 않았다. 그래서 자연히 통속적인 의학과 임상에 관한 서책도 보게 되고 실지로 의사의 경험도 쌓게 된 것이다. 그래서,

'나의 하나님이 이 동리에 특파하신 사도(使徒)다!'

하는 자존심과 자랑까지도 갖게 되었다. 그러나 수술을 해야 할 환자를 몇십 리 밖에서 업고 오고 심지어 보기에도 더럽고 지겨운 화류병* 환자까지 와서 치료를 해달라고 엎드려 손이 닳도록 비는데는 진땀이 났다. 그네들이 거절을 당하고 원망스러운 표정으로 돌아가는 것을 볼 때,

'왜 내가 정작 의술을 배우지 못했던가.'

하고 탄식을 할 때도 많았고 동시에,

'의료기관 하나 만들어 놓지를 않고 세금을 받아다간 뭣에다 쓰는 거야. 의사란 놈들이 있대두 그저 돈에만 눈들이 번하지.'

하고 몹시 분개하기도 한두 번이 아니었다. 그뿐 아니라 영신

---

* 화류병_성병

은 이따금 재판장 노릇까지도 하게 된다. 아이들끼리 재그락거리는* 싸움은 달래고 타이르고 하면 평정이 되지만 어른들의 싸움, 그 중에도 내외싸움까지 판결을 내려달라는 데는 기가 탁 막힐 노릇이었다.

어느 비오던 날은 딱정떼로 유명한 억쇠 어미니가 집에서 양주가 머리가 터지도록 싸우다가 영감쟁이의 멱살을 추켜쥐고 영감쟁이는 마누라의 머리채를 꺼두르며* 씨근벌떡거리고* 와서는,

"아이고 사람 죽겠네, 채선생님. 이 경칠놈의 영감을 어떡허면 튀전을 못허게 맨듭니까? 술 못 먹게 하는 약은 없습니까?"

하면 영감쟁이는 만경이 된 눈을 휘번덕거리며,

"아이구 이 육실헐년, 버르장이를 좀 가르쳐 줍쇼."

하고 비가 줄줄 쏟아지는 진흙 마당에서 서로 껴안고 뒹굴며 한바탕 엎치락뒤치락하다가 버럭버럭 대드는 바람에, 영신은 어쩔 줄을 모르고 구경만 하다가 고만 뒷문으로 빠져서 예배당으

• 재그락거리는-자그락거리다_하찮은 일로 옥신각신하며 다투다.
• 꺼두르다_움켜쥐고 함부로 휘두르다
• 씨근벌떡거리다_몹시 숨이 차서 숨소리가 고르지 아니하고 거칠면서 가쁘고 급하게 자꾸 나다. 또는 그렇게 하다

독특한 표현 메모하기

로 뺑소니를 친 때도 있다.

한편으로 글을 배우러 오는 아이들은 거의 날마다 늘었다. 양철지붕에 송판을 엉성하게 지은 조그만 예배당은 수리를 못해서 벽이 떨어지고 비만 오면 천장이 새는데, 선머슴아이들이 뛰고 구르고 하여서 마루청까지 서너 군데나 빠졌다. 그것을 볼 때마다 늙은 장로는,

"흥, 경비는 날 곳이 없는데 너희들이 예배당을 아주 헐어내는구나. 강습이구 뭐구 인젠 넌덜머리가 난다."

하고 허옇게 센 머리를 내둘렀다. 더구나 새로 글을 깨친 아이들이 어느 틈에 분필과 연필로 예배당 안팎에다가 괴발개발 글씨도 쓰고 지저분하게 환도 친다. '신통이 개작식이라.', '갓난이는 오줌을 쌌다더라,'하고 제 동무의 욕을 쓰기도 하고 심지어 십자가를 새긴 강당 정면에다가 나쁜 그림까지 몰래 그려 놓기도 하여서, 그런 낙서를 볼 때마다 장로와 전도사는 상을 찌푸린다.

영신은 여간 미안하지가 않아서 하루에도 몇 번씩 그런 짓을 하지말라고 입이 닳도록 타일렀다. 그러나 속으로는 제가 진땀

나를 찾는 필사 시간 _상록수 | 심훈

독특한 표현 메모하기

을 흘리며 가르친 아이들이 하나 둘씩 글눈을 떠가는 것이 여간 대견하지 않았다. 비록 나쁜 그림을 그리고 욕을 쓸망정 그것이 여간 신통치가 않아서,

"장로님 저희두 따로 집을 짓구 나갈 테니 올 가을꺼정만 참아 줍시오."

하고 몇 번이나 용서를 빌었다. 그러면 변덕스러운 장로는 대머리를 어루만지며,

"원 채선생, 별말씀을 다 허는구려. 다 하나님의 뜻대로 되겠지요. 그게 좀 거룩한 사업이요."

하고 얼더듬는다*. 그럴수록 영신은 사글세 집에 들어 있는것만큼이나 불안스러워 하루바삐 집을 짓고 나가려고 안해 보는 궁리가 없었다.

그러나 원체 가난한 동리인데다가 그나마 돈이 한창 마른 때라 기부금은 적어 놓은 액수의 10분의 1도 걷히지를 않고 친목계원들이 춘잠*을 쳐서 한 장치에 열서너 말씩이나 땄건만 고치금이 사뭇 떨어져서 예산한 금액까지 뇌려면 어림도 없다. 닭도

---

* 얼더듬다_이 말 저 말 뒤섞이어 잘 알아들을 수 없는 말을 하다
* 춘잠(春蠶)_봄누에

독특한 표현 메모하기

집집마다 개량식으로 쳤지만 모이를 사서 먹인 것과 레그혼 같은 서양 종자의 어미닭 값을 따지고 보면 계란 값과 비겨 떨어진다.

그러니 줄잡아도 5, 6백 원이나 들여야 할 학원을 지을 엄두가 나지를 않았다. 영신이가 하도 집을 짓지 못해서 성화를 하니까 다른 회원들은,

"급히 먹는 밥이 체헌다우. 우리 선생님두 성미가 퍽 급허셔."

하고 위로하듯 하기도 한두 번이 아니었다. 그럴수록 아이들은 한꺼번에 대여섯 명, 어떤 때는 여남은 명씩 부쩍부쩍 는다. 보통학교가 시오리 밖이나 되는 곳에 있고 간이(簡易)학교라고 새로 생긴 것도 장터까지 가서야 있으니 배움에 목마른 아이들은 등잔불로 날아드는 나비처럼 청석골로만 모여들 수밖에 없는 형세다. 요새 들어온 아이들까지 합하면 거의 1백 30여 명이나 된다.

그러니 장소가 좁다는 이유로 한 아이노 너 수용할 수 없다고 오는 아이를 쫓을 수는 없다. 영신은,

'아무나 오게.'

독특한 문형 메모하기

하는 찬송가 구절을 입 속으로 부르며,

"오냐 예배당이 터지도록 모여 오너라. 여름만 되면 나무 그늘도 좋고 달밤이며 등불도 일없다."

하고 들어오는 대로 받아서 그곳 보통학교를 졸업한 젊은 사람들의 응원을 얻어 남자와 여자와 초급과 상급으로 반을 나누어 가르치기 시작하였다. 영신을 숭배하고 일을 도와 주는 순진한 청년이 서너 명이나 되지만 그 중에도 주인집의 외아들인 원재는 영신의 말이라면 절대로 복종을 하는 심복이었다. 같은 집에 살기도 하지만 상급학교에는 가지 못하는 처지라 틈틈이 영신에게서 중등학과를 배우는 진실한 청년이다.

가뜩이나 후락한 예배당 안은 콩나물을 기르는 것처럼 아이들로 빽빽하다. 선생이 비비고 드나들 틈이 없을 만큼 꼭꼭 찼다. 아랫반에서,

"'가'자에 ㄱ허면 '각'허구"

"'나'자에 ㄴ허면 '난'허구"

하면서 다리도 못 빼고 틀어앉은 아이늘은 고개를 반짝 들고 칠판을 쳐다보면서 제비 주둥이같은 입을 일제히 벌렸다 오므렸다 한다. 그러면 윗반에서는 『농민독본』을 펴놓고,

독특한 표현 메모하기

잠자는 자 잠을 깨고

눈 먼 자는 눈을 떠라.

부지런히 일을 하여

살 길을 닦아 보세.

하며 목청이 찢어져라고 선생의 입내를 낸다. 그 소리를 가까이 들으면 귀가 따갑도록 시끄럽지만 멀리 축동* 밖에서 들을 때,

"아아, 너희들이 이제야 눈을 떠가는구나!"

하며 영신은 어깨춤이 저절로 났다.

그러다가 어느 날 저녁때였다. 영신의 신변을 노상 주목하고 다니던 순사가 나와서 다짜고짜,

"주임이 당신을 보자는데 내일 아침까지 주재소로 출두를 허시오."

하고 한 마디를 이르고는 말대답을 들을 사이도 없이 자전거를 뇌집이 타고 가비렸다.

---

*축동(築垌)_물을 막기 위하여 크게 둑을 쌓음. 또는 그 둑

'무슨 일로 호출을 할까? 강습소 기부금은 5백 원까지 모집을 해도 좋다고 허가를 해주지 않았는가?'

영신은 일이 손에 잡히지 않았다. 웬만한 일 같으면 출장 나온 순사에게 통지만 해도 그만일 텐데, 일부러 몇십 리 밖에서 호출까지 하는 것은 무슨 까닭이 붙은 일인지 도무지 알 수가 없었다.

영신이가 처음 내려오던 해부터 이 일 저 일에 줄곧 간섭을 받아왔었지만 강습소 일이나 부인친목계며 그 밖에 하는 일을 잘 양해를 시켜오던 터이라 더욱 의심이 나지 않을 수가 없었다.

별별 생각이 다 나서 영신은 그날 밤 잠을 자지 못하고 이튿날 새벽밥을 지어 달래서 먹고는 길을 떠났다. 20리는 평탄한 신작로지만 나머지는 가파른 고개를 넘느라고 발이 부르트고 속옷은 땀에 젖었다.

…… 영신과 주재소 주임 사이에 주고받은 대화나 그 밖의 이야기는 기록하지 않는다. 그러나 호출한 요령만 따서 말하면,

'첫째는 예배당이 좁고 후락해서 위험하니 아동을 80명 이외에는 한 사람도 더 받지 말라는 것과, 둘째는 기부금을 내라고

독특한 표현 메모하기

돌아다니며 너무 강제 비슷이 청하면 법률에 저촉이 된다'는 것을 단단히 주의시키는 것이었다. 영신은 여러 가지로 변명도 하고 오는 아이들을 안 받을 수가 없다고 사정사정 하였으나, '상부의 명령이니까 말을 듣지 않으면 강습소를 폐쇄시키겠다.'고 얼러메어서 영신은 하는 수 없이 입술을 깨물고 주재소 문밖을 나왔다.

그는 아픈 다리를 간신히 끌고 돌아와서 저녁도 안 먹고 그날 밤을 꼬박 새우다시피 하였다.

'참자! 이보다 더한 것도 참아 왔는데, 이만한 일이야 참지 못하랴.'

하면서도 좀더 시원하게 들이대지를 못하고 온 것이 종시 분하였다. 그러나 혈기를 참지 못하고 떠들었다가는 제한받는 수효의 아이들마저 가르치지 못하게 될 것을 생각하고 꿀꺽 참았던 것이다. 아무튼 이길 수 없는 명령이며, 내일부터 1백 30명 중에서 80명만 남기고 50명을 쫓아내야 한다.

"난 못하겠다! 차라리 예배당 문에 못질을 하는 한이 있드래도 내 손으로 차마 그 노릇은 못하겠다!"

하고 영신은 부르짖으며 방바닥에 가 쓰러져 버렸다. 한참 동

독특한 표현 메모하기

안이나 엎치락뒤치락하며 홀로 고민을 하였다.

그는 불을 끄고 이불을 뒤집어쓰고 누웠다. 그러나 이제까지 갖은 고생과 온갖 곤욕을 당해 오면서 공들여 쌓은 탑을 그 밑동부터 제손으로 허물어뜨릴 수는 없다. 청석골 와서 몇 가지 시작한 사업 중에 가장 의미깊고 성적이 좋은 한글 강습을 중도에서 손을 뗄 수는 도저히 없다.

'어떡허면 나머지 50명을 돌려보낼꼬?'

'이제까지 두말없이 가르쳐 오다가 별안간 무슨 핑계로 가르칠 수 없다고 한단 말인가?'

거짓말을 하기는 죽어라고 싫건만 무어라고 꾸며대지 않을 수도 없는 사세다. 아무리 곰곰 생각해 보아도 묘책이 나서지를 않아서 그는 하룻밤을 하얗게 밝혔다.

창 밖에 새벽별이 차차 빛을 잃어갈 때, 영신은 세수를 하고 나와서 예배당으로 올라갔다. 땅 위의 모든 것이 아직도 단꿈에서 깨지않아 천지는 함께 괴괴하다.

영신은 이슬이 축축히 내린 예배당 층계에 엎드려 경건한 마음으로 기도를 올렸다.

"주여, 당신의 뜻으로 이곳에 모여든 귀엽고 사랑스러운 어린

독특한 표현 메모하기

양들이 오늘은 그 3분의 1이나 목자를 잃게 되었습니다. 다시 어둠 속에서 헤매일 수밖에 없이 되었습니다!

주여, 그 가엾은 무리가 낙심하지 말게 하여 주시고 하나도 버리지 마시고 다시금 새로운 광명을 받을 기회를 내려 주시옵소서!

오오 주여, 저의 가슴은 지금 에어질 듯합니다!"

영신은 햇발이 등뒤를 비추며 그대로 떠오를 때까지 엎드린 채 소리없이 흐느껴 울었다.

월사금 60전을 못 내고 몇 달씩 밀려오다가 보통학교에서 쫓겨난 아이들이 그날도 두 명이나 식전에 책보를 들고 그 학교의 모자표를 붙인 채 왔다.

"얘들아, 참 정말 안됐지만 인전 앉을 데가 없어서 받을 수가 없으니, 가을부터 오너라. 얼마 있으면 새 집을 커다랗게 지을 텐데, 그 때 꼭 불러 주마. 응."

히고 영신은 그 아이들의 이름을 적고는 등을 어루만져 주며 간신히 돌려보냈다. 그리고는 다른 아이들이 오기 전에 예배당으로 들어갔다.

독특한 표현 메모하기

잠 한숨 자지를 못해서 머리가 무겁고 눈이 **빡빡**한데 교실 한복판에 가서 한참 동안이나 실신한 사람처럼 우두커니 섰자니, 어찔어찔하고 현기증이 나서 이마를 짚고 있다가 다리를 허청* 떼어 놓으며 칠판 앞으로 갔다.

그는 분필을 집어 가지고 교단 앞에서 3분의 1 가량 되는 데까지 와서는 동편 쪽 끝에서부터 서편 쪽 창밑까지 한일자로 금을 쭉 그었다. 그리고 아이들이 오는 것을 기다렸다가 예배당 문을 반쪽만 열었다. 아이들은 여느 때와 조금도 다름이 없이 재깔거리며* 앞을 다투어 우르르 몰려 들어온다. 영신은 잠자코 맨 먼저 온 아이부터 하나씩 둘씩 차례차례로 분필로 그어 놓은 금 안으로 앉혔다. 어느덧 금 안에는 제한받은 팔십 명이 찼다.

"나중에 온 아이들은 이 금 밖으로 나가 앉아요, 떠들지들 말구."

선생의 명령에 늦게 온 아이들은 영문도 모르고,

'오늘은 왜 이럴까?'

하는 표정으로 선생이 눈치를 할끔할끔 보면 금 밖에 가서 쪼

● 허청거리다_다리에 힘이 없어 잘 걷지 못하고 비틀거리다
● 재깔거리다_나직한 소리로 조금 떠들썩하게 자꾸 이야기하다

독특한 표현 메모하기

그리고 앉는다.

아이들에게 제비를 뽑힐 수도 없고 하급생이라고 마구 몰아내는 것도 공평치가 못할 듯해서, 영신은 생각다 못해 나중에 오는 아이들을 돌려보내려는 것이다. 나중에 왔다고 해도 시간으로 보면 불과 십 분 내외의 차이밖에 나지 않지만 그렇게 하는 도리 이외에 아무 상책이 없었던 것이다.

영신은 아이들을 다 들여앉힌 뒤에 원재와 다른 청년들에게 그 사정을 귀띔해 주었다. 그런 소문이 미리 나면 일이 더 복잡해질 것을 염려하였기 때문이었다.

그 말을 듣는 청년들의 얼굴빛은 금세 흙빛으로 변하였다.

"암말두 말구 나 허라는 대루만 장내를 잘 정돈해 줘요. 자세헌 얘긴 이따가 허께……."

청년들은 영신을 절대로 신임하는 터이라 입술을 지그시 깨물고 침통한 표정을 지을 뿐이다.

영신은 천천히 교단 위에 올라섰다. 그 얼굴빛은 현기증이 나서 금방 쓰러지려는 사람처럼 해쓱해졌다. 아이들은,

'선생님이 무슨 말을 하시려고 저러나?'

하고 저희들깐에도 보통 때와는 그 기색이 다른 것을 살피고

독특한 표현 메모하기

는 기침 하나 안하고 영신을 쳐다본다.

영신은 입술만 떨며 얼른 말을 꺼내지 못하고 섰다. 사제간의 정을 한 칼로 베어내는 것 같은 마룻바닥에 그어 놓은 금을 내려다보고 그 금 밖에 50여 명 아동이 옹기종기 모여 앉아서 무슨 무서운 선고나 내리기를 기다리는 듯한 그 천진한 얼굴들을 바라볼 때, 영신은 눈두덩이 뜨끈해지며 목이 막혀서 말을 꺼낼 수가 없다. 한참만에야 그는 용기를 내었다. 그러다가 풀이 죽은 목소리로,

"여러 학생들 조용히 들어요. 오늘은 선생님이 차마 허기 어려운 섭섭한 말을 헐 텐데……."

하고 나서 다시 주저주저하닥,

"저……, 금 밖에 앉은 아이들은 오늘부터 공부를…… 시킬 수가……, 없게 됐어요!"

하였다. 청천의 벽력은 무심한 어린이들의 머리 위에 떨어졌다. 깜박깜박하고 선생을 쳐다보던 수없는 눈들은 모두가 꽈리처럼 둥그래졌다.

"왜요? 선생님, 왜 글을 안 가르쳐 주신대유?"

그 중에 머리가 좀 굵은 아이가 발딱 일어나며 질문을 한다.

독특한 표현 메모하기

영신은 순순히 타이르듯이, 집이 좁아서 80명밖에는 더 가르칠수가 없게 되었다는 것과, 올 가을에 새 집을 지으면 꼭 잊어 버리지 않고 한 사람도 빼어 놓지 않고 불러 주마고 빌다시피 하였다.

"그럼 입때꺼정 이 좁은 데서 어떻게 아르켜 주셨시유?"

이번엔 제법 목소리가 패인 남학생의 질문이 들어왔다. 영신은 화살에나 맞은 듯이 가슴 한복판이 뜨끔하였다. 그 말대답을 못하고 머리가 핑 내둘려서 이마를 짚고 섰는데, 금 밖에 앉았던 아이들은 하나 둘 앉은 채 엉금엉금 기어서, 혹은 살금살금 뭉치면서 금 안으로 밀려오다가,

"선생님! 선생님!"

하고 연거푸 부르더니 와르르 교단 위까지 뛰어오른다.

영시은 50여 명이나 되는 아이들에게 에워싸였다.

"선생님!"

"선생님!"

"진 빌써 왔에요."

"뒷간에 갔다가 쪼금 늦게 왔는데요."

"선생님, 난 막동이버덤두 먼첨 온 걸, 저 찬순이도 봤에요."

독특한 표현 메모하기

"선생님, 내 낼버텀 일즉 오께요. 선생님버덤두 일즉 오께요."

"선생님 저 좀 보세요. 절 좀 보세요! 인전 아침두 안 먹구 오께 가라구 그러지 마세요. 네! 네!"

아이들은 엎드러지며 고꾸라지며 앞을 다투어 교단 위로 올라와서 등을 밀려 넘어지는 아이에, 발등을 밟히고 우는 아이에, 가뜩이나 머리가 횡한 영신의 정신이 아찔아찔해서 강도상* 모서리를 잡고 간신히 서 있다. 제 몸뚱이로 버티고 선 것이 아니라 아이들에게 포위를 당해서 쓰러지려는 몸이 억지로 떠받들려 있는 것이다.

"선생님!"

"선생님!"

아이들의 안타까운 부르짖음은 귀가 따갑도록 그치지 않는다. 그래도 영신은 눈을 내리감고 아랫입술을 지그시 깨물 뿐⋯⋯.

"내려들 가!"

"이시 내리들 가서라!"

---

* 강도상(講道床)-강대상_교회에서 설교를 하는 대

독특한 표현 메모하기

"말 안들으면 모두 내쫓을 테다."

하면서 영신을 도와 주는 청년들이 아이들을 끌어내리고 교편을 들고 을러메건만, 그래도 아이들은 울며불며 영신의 몸에 가찰거머리처럼 달라붙어서 죽기 기쓰고 떨어지지를 않는다.

영신의 저고리는 수세미가 되고 치마주름까지 주루루 터졌다. 어떤 계집애는 다리에다 깍지를 끼고 엎드려서 꼼짝을 못하게 한다.

영신은 터진 치마폭을 휩싸쥐고 그제야,

"놔라, 놔! 얘들아, 저리들 좀 가 있어, 온 숨이 막혀서 죽겠구나!"

하고 몸을 뒤틀며 손과 팔에 매어달린 아이들을 가만히 뿌리쳤다.

아이들은 한번 떨어졌다가도 혹시나 제가 빠질까 하고 다시 극성스레 달라붙는다.

이 광경을 본 교회의 직원들이 들어와서 강제로 금 밖에 앉았던 아이들을 에배낭 밖으로 내몰았다.

사내아이, 계집아이 할 것 없이 어머니의 젖을 억지로 떨어진 것처럼 눈이 빨개지도록 홀짝홀짝 울면서 또는 흑흑 흐느끼면

독특한 문형 메모하기

서 쫓겨나갔다.

장로는 대머리를 번득이며 쫓아 나가서, 예배당 바깥 문을 걸고 빗장까지 질렀다. 아이들이 소동을 해서 시끄러워 골치도 아프거니와 경찰의 명령을 듣지 않았다가는 교회의 책임자인 자기의 발등에 불똥이 튈까 보아 적지 않이 겁이 났던 것이다.

아이들의 등뒤에서 이 정경을 바라보던 영신은 깨물었던 눈물이 주루루 흘러내렸다. 영신은 그 눈물을 아이들에게 보이지 않으려고 소매로 얼굴을 가리며 돌아섰다. 한참이나 진정을 하고 나서는 저희들끼리에도 동무들을 내쫓고 공부를 하게 된 것이 미안쩍은 듯이 머리를 떨어뜨리고 앉은 나머지 여든 명을 정돈시켜 놓고 차마 내키지 않는 걸음걸이로 칠판 앞으로 갔다.

그는 새로운 과정을 가르칠 경황이 없어서,

"오늘은 우리 복습이나 허지."

하고 교과서로 쓰는 『농민독본』을 펴 들었다. 아이들은 글자 모으는 법을 배운 것을 독본에 있는 대로,

"누구든지 학교로 오너라."

"배우고야 무슨 일이든지 한다."

하고 풀이 죽은 목소리로 외기를 시작한다.

독특한 표현 메모하기

영신은 그 생기없는 아이들의 목소리가 듣기 싫은데, 든 사람은 몰라도 난 사람은 안다고 이가 빠진 듯이 띄엄띄엄 벌려앉은 교실 한귀퉁이가 휘언*한 것은 보지 않으려고 유리창 밖으로 눈을 돌렸다.

창밖을 내다보던 영신은 다시금 콧마루가 시큰해졌다. 예배당을 두른 야트막한 담에는 쫓겨나간 아이들이 머리만 내밀고 주욱 매달려서 담 안을 넘겨다보고 있지 않은가? 고목이 된 뽕나무 가지에 닥지닥지 열린 것은 틀림없는 사람의 열매다. 그 중에도 키가 작은 계집애들은 나무에도 기어오르지 못하고 땅바닥에 가 주저앉아서 훌짝거리고 울기만 한다.

영신은 창문을 말끔 열어젖혔다. 그리고 청년들과 함께 칠판을 떼어 담밖에서도 볼 수 있는 창 앞턱에다가 버티어 놓고 아래와 같이 커다랗게 썼다.

"누구든지 학교로 오너라."

"배우고야 무슨 일이든지 한다."

나무에 오르고 담장에 매이달린 아이들은 일제히 입을 열어

---

* 휘언(諱言)-휘담(諱談)_꺼려서 세상에 드러내 놓고 하기 어려운 말

독특한 표현 메모하기

목구멍이 찢어져라고 그 독본의 구절을 바라다보고 읽는다. 바락바락 지르는 그 소리는 글을 외는 것이 아니라 어찌 들으면 누구에게 발악을 하는 것 같다.

　그러한 상태로 얼마 동안을 지냈다. 그래도 쫓겨나간 아이들은 날마다 제시간에 와서 담을 넘겨다보며 땅바닥에 엎드려 손가락이나 막대기로 글씨를 읽으며 흩어질 줄 모른다. 주학과 야학으로 가르치고 싶으나 저녁에는 부인 야학이 있어서 번차례로 가르칠 수도 없었다.

　'집을 지어야겠다. 무슨 짓을 해서든지 하루 바삐 학원을 짓고 나가야겠다!'

　영신의 결심은 나날이 굳어갔다. 그러나 그 결심만으로는 일이 되지 못하였다. 그는 원재와 교회 일을 보는 청년들에게 임시로 강습하는 일을 맡기고는 청석학원 기성회 회원 방명부(芳名簿)를 꾸며 가지고 다시 돈을 청하러 나섰다. 짚신에 사내처럼 감발*을 하고는 오늘은 이 동리, 내일은 저 동리로 산을 넘고, 논

* 감발=발감개_버선이나 양말 대신 발에 감는 좁고 긴 무명천

길을 헤매며 단 10전, 20전씩이라도 기부금을 모으며 다녔다. 푹푹 찌는 삼복 중에 인가도 없는 심산궁곡*으로 헐떡거리며 돌아다니자면 목이 타는 듯이 조갈이 나는 때도 많았다. 논 귀퉁이 웅덩이에 흥건히 고인 물을 손으로 떠서 마시기도 하고 어떤 때는 긴긴 해에 점심을 굶어 시장기를 이기지 못하고 더운 김이 후끈후끈 끼치는 풀밭에 행려병자(行旅病者) 같이 쓰러져서 정신을 잃은 때도 있었다. 촌가로 찾아 들어가면 보리밥 한술이야 얻어 먹을 수가 없는것은 아니언만 굶으면 굶었지 비렁뱅이처럼,

"밥 한 술 줍쇼."

하기까지는 자존심이 허락을 하지 않았던 것이다. 그러다가는 저녁까지 굶고 눈이 하가마*가 되어서 캄캄한 밤에 하늘의 별만 대중해서 방향을 잡고 오는 날도 검숭 드뭇하였다.

집에까지 죽기 기쓰고 기어 들어와 턱 눕는 것을 보면, 원재 어머니는,

"아이고 채선생님, 이러다간 큰 병 나시겠구려. 사람이 성허구서야 학원 집이고 뭣이구 짓지, 온 가엾어라. 아주 조수섬이

---

* 심산궁곡(深山窮谷)_깊은 산속의 험한 골짜기
* 하가마_화관(花冠)

독특한 표현 메모하기

되셨구려."

하고는 영신의 다리 팔을 주물러 주고, 더위를 먹었다고 영신환을 얻어다 먹이고 하였다.

그렇건만 기부금을 적은 명부를 펴보면 하루에 40전, 50전 끽해야 2, 3원밖에는 적히지를 않았다. 원재 어머니는 이태 동안이나 영신이와 한 집에서 살고 밥을 해주는 동안에 글을 깨치고 쉬운 한문자까지도 알아보게 된 것이다. 그는 영신의 감화를 받아 교회의 권사 노릇까지 하게 되었고, 영신이가 와서 발기한 부인 친목계의 서기 겸 회계까지 보게 되었다. 그래서 영신과 정도 들었거니와 그를 천사와 같이 숭앙*하고 친절을 다하는 터이다.

청석동 강습소가 폐쇄를 당할 뻔하였다는 것과 기부금을 모집하러 다닌다는 소식을 영신의 편지로 안 동혁은,

'- 건강을 해치도록 너무 무리하게는 일을 하지 마십시다. 우리는 오늘만 살고 말 몸이 아니기 때문이외다. 그저 칡덩굴처럼 슬기자게 뻗어 나가고 황소처럼 꾸준하게만 우리의 처녀지*(處

---

* 숭앙(崇仰)_공경하여 우러러봄
* 처녀지(處女地)_사람이 살거나 개간한 일이 없는 땅

독특한 표현 메모하기

女地)를 갈며 나가면 끝나는 날이 있을 것입니다.'

하고 몇 번이나 간곡히 건강에 주의하라는 편지가 왔다. 그러나 그러한 편지는 도리어 달리는 말에게 채찍질을 하는 듯 영신으로 하여금 한층 더 용기를 돋우게 하고 분발케 하는 원동력이 되었다.

그는 생각다 못해서 기부금을 10원이고 20원이고 적어 놓고 이 핑계 저 핑계로 내지 않는 근처 동리의 밥술이나 먹는 사람들을 다시 한번 찾아다녔다. 그 중에도 번번이 따고 면회를 하지 않는 한낭청이란 부잣집에는,

'어디 누가 못 견디나 보자.'

하고 극성맞게 쫓아가서는 기어이 젊은 주인을 만나 보고 급한 사정을 하였다. 그러나,

"여보 이건 빚졸리기버덤 더 어렵구려. 글쎄 지금은 돈이 없다는데 바득바득 내라니, 그래 소 팔구 논 팔아서 기부금을 내란 말요? 온, 우리 집 자식들이 한 놈이나 강습손가 하는 델 댕기기나 허나?"

하고 배를 내민다. 영신은 참다 못해서 속으로,

독특한 표현 메모하기

'에에끼 제 배때기밖에 모르는 놈 같으니, 그래도 술 담배 사 먹는 돈은 있겠지.'

하고 사랑마당에다가 침을 탁 뱉고 돌아설 때도 있었다. 이래 저래 영신은 근처 동리의 소위 재산가 계급에는 인심을 몹시 잃었다.

"어디서 떠들어온 계집이 그 뻔세야. 기부금에 병풍상성*을 해서 쏘댕기니 온, 나중에 별꼴을 다 보겠군."

하고 귀먹은 욕을 먹었다. 그와 동시에 주재소에서는 주의를 시켰는데도 또 기부금을 강청한다고 다시 말썽을 부리게 되었다.

- 병풍상성(病風喪性)_병에 시달려 본성을 잃어버림
- 귀먹은 욕_당사자가 듣지 못하는 데서 하는 욕
- 강청(強請)_무리하게 억지로 청함

독특한 표현 메모하기

14. 최후의 1인

동혁은 관 모서리에 얼굴을 비비며 연거푸 사랑하는 사람의 이름을 불렀다.

"영신씨, 영신씨! 내가 왔소. 여기 박동혁이가 왔소!"

하고 목이 메어 부르나, 대답은 있을 리 없는데, 눈물에 어리운 탓일까, 관 뚜껑이 소리없이 열리고 면사포와 같은 하얀 수의를 입은 영신이가 미소를 띄우고 푸시시 일어나 팔을 벌리는 것 같다.

이러한 환각에 사로잡히는 찰나에 동혁은 당장에 뛰어 나가서 도끼를 들고 들어와 관을 뻐개고 시제를 끌어안고 싶은 충동을 받았다. 그는 가슴 벅차게 용솟음치는 과격한 감정을 발뒤꿈치로 누룩을 디디듯이 이지(理智)의 힘으로 꽉꽉 밟았다. 어찌

나를 찾는 필사 시간 _상록수 | 심훈

독특한 표현 메모하기

나 원통하고 모든 일이 뉘우쳐지는지, 땅바닥을 땅땅 치며 몸부림을 하여도 시원치 않을 것 같건만, 여러 사람 앞에서 그다지 수통스러이 굴 수도 없었다. 다만 한 마디,

"왜 당신은, 일하는 것밖에 좀더 다른 허영심이 없었더란 말요?"

하고 꾸짖듯 하고는 한참이나 엎드려 떨리는 가슴을 진정하다가,

'영신씨 같은 여자도, 이런 자리에서 남에게 눈물을 보이나요?'

라고, 경찰에서 마지막 만났을 때 제 입으로 한 말이 문뜩 생각이 나서 주먹으로 눈두덩을 비비고 벌떡 일어섰다. 그는 다시 관머리를 짚고, 기도를 올리는 것처럼 침묵하다가 바로 영신의 귀에다 대고 말을 하듯이, 머리맡을 조금씩 흔들면서,

"영신씨 안심허세요. 나는 이렇게 꿋꿋허게 살어 있소이다. 내가 죽는 날까지 당신이 못다 하고 간 일까지 두 몫을 허리다!"

히고 새로운 결심과 영결*의 인사를 겸해 한 뒤에, 여러 사람

• 영결(永訣)_죽은 사람과 산 사람이 서로 영원히 헤어짐

독특한 표현 메모하기

과 함께 관머리를·들고 앞서 나와서 조심스러이 상여에 옮겼다.

영신의 육신은 영원한 안식처를 항하여 떠나려 한다.

동혁의 기념품인 학원의 종을 아침 저녁으로 치던 사람의 상여머리에서 요령 소리가 땡그랑땡그랑 울린다. 상여는 청년들이 메었는데, 수백 명이나 되는 아이들과 부인들과 동민이 가득 들어선 속에서 다시금 울음 소리가 일어난다. 아이들은 장강목에 조롱조롱 매달려 제 힘껏 버티어서 상여도 차마 못 떠나겠다는 듯이 뒷걸음을 친다.

앞채*를 꼬나 쥐던 동혁은 엄숙한 얼굴로 여러 사람의 앞으로 나섰다.

"여러분!"

조상 온 사람 전체를 향해서 외치는 목소리는 여전히 우렁차다.

"여러분! 이 채영신양은 연약한 여자의 몸으로 농촌의 개발과 무산 아동의 교육을 위해서 너무나 과도히 일을 하다가 둘도 없는 생명을 바쳤습니다. 완전히 희생했습니다. 즉 오늘 이 마당에

---

* 앞채_가마나 상여 따위에 달린 채의 앞부분

독특한 표현 메모하기

모인 여러분을 위해서 죽은 것입니다."

하고 한층 더 언성을 높여,

"지금 여러분에게 바친 채양의 육체는 흙보탬을 하려고 떠나갑니다. 그러나 이 분이 끼쳐 준 위대한 정신은 여러분의 머리 속에 살어 있을 것입니다. 저 아이들의 조그만 골수에도 정신이 박혔을 겝니다."

하고는, 손길을 마주 모으고 서고, 혹은 머리를 떨어뜨리고 듣는 여러 청중들 앞으로 한걸음 더 나서며,

"그러나 여러분, 조금두 서러워하지 마십시오. 이 채선생은 결단코 죽지 않았습니다. 살과 뼈는 썩을지언정 저 가엾은 아이들과 가난한 동족을 위해서 흘린 피는 벌써 여러분의 혈관 속에 섞였습니다. 지금 이 사람의 가슴 속에도 그 뜨거운 피가 끓고 있습니다!"

하고 주먹으로 제 가슴 한복판을 친다. 여러 사람의 머리 위로는 감격의 물결이 사리 때의 조수와 같이 밀리는 듯 서울서 온 백현경은 몇 번이나 안경을 벗어서 저고리 고름을 닦았다.

동혁은 목소리를 맞추어,

"사사로운 말씀은 하지 않겠습니다마는 나는 이 청석골에서

사랑하던 사람의 사업을 당분간이라도 계속하고 싶습니다. 만일 여러분이 이 변변치 못한 사람이나마 소용이 되신다면 모든 것을 버리고 이 길을 밟는 것이 나 개인에게도 가장 기쁜 의무일 줄로 생각합니다."

말이 끝나자 청년들은 상여를 메고 선 채 박수를 하였다.

장사가 끝난 뒤에 백현경과 장래의 일을 의논하며 산에서 내려왔던 동혁은, 황혼에 몸을 숨기고 홀로 영신의 무덤으로 올라갔다.

이른봄 산기슭으로 스며드는 저녁 바람은 소름이 끼칠 만큼 쌀쌀하다. 그러나 그는 추운 줄을 몰랐다. 머리 위에서 새파란 광채를 흘리며 반짝거리는 외따른 별 하나는 우러러보고 섰으니까, 극도의 슬픔과 원한에 사무쳤던 동혁의 머리는 차츰차츰 식어가는 것 같다. 마음이 가라앉는 대로 사람의 생명의 하염없음과 인생의 무상함을 새삼스레 느꼈다. '그만 죽을 걸, 그다지도 애를 썼구나'하니, 세상만사가 다 허무하고 무덤 앞에 앉은 저 자신도 판결을 받은 죄수처럼 어느때 죽음의 사자에게 덜미를 잡혀갈는지? 제 입으로 숨쉬는 소리를 제 귀로 들으면서, 도무지

나를 찾는 필사 시간 _상록수 | 심훈

독특한 표현 메모하기

살아 있는 것 같지가 않다.

　'수수께끼다! 왜 무엇하러 뒤를 이어 나고, 뒤를 이어 죽고 하
는지 모르는 인생— 요컨대 영원히 풀어 볼 수 없는 수수께끼에
지나지 못한다.'

　'내가 이 채영신이란 여자와 인연을 맺었던 것도, 결국은 한바
탕 꾸어 버린 악몽이다. 이제 와서 남은 것은 깨어진 꿈의 한 조
각이 아니고 무엇이냐.'

　될 수 있는 대로 인생을 명랑하게 보려고 노력하여 오던 동
혁이언만 너무나 뜻밖에 사랑하는 사람의 죽음을 눈앞에 보고
는 회의(懷疑)와 일종 염세(厭世)의 회색 구름에 온몸이 에워싸
이는 것이다.

　'별은 왜 저렇게 무엇이 반가워서 반짝거리느냐. 뻐꾹새는 무
엇이 설워서 밤 깊도록 저다지 청승맞게 우느냐. 영신은 왜 무엇
하러 나왔다 죽었고, 나는 왜 무엇하러 이 무덤 앞에 올빼미처
럼 두 눈을 껌벅거리고 쭈그리고 앉았느냐. 생각하면 생각할수
록 그 까닭을 알 수 없다. 순환소수(循環小數)와 같이 쪼개 보지
못하는 채, 사사오입을 하는 것이 인생 문제일까? 쳇바퀴를 돌
리는 다람쥐 모양으로 까닭도 모르고 또한 아무 필요도 없이 제

독특한 표현 메모하기

자리에서 맴을 돌며 허위적거리는 것이 인생의 길일까? 오직 먹이를 위해서, 씨를 퍼드리기 위해서, 땀을 흘리고 피를 흘리고, 서로 쥐어뜯고 싸우고 잡아먹지를 못해서 앙앙거리고 발버둥질을 치다가 끝판에는 한 삼태기의 흙을 뒤집어 쓰는 것이 인생의 본연의 한 자태일까?'

동혁의 머리 속은 천 갈래로 찢기고 만 갈래로 얽혀서 갈피를 잡을 수가 없다. 그는 가슴이 무엇에 짓눌리는 것처럼 답답해서 벌떡 일어났다. 팔짱을 끼고 제절* 앞을 왔다갔다하다가, 봉분의 주위를 돌았다. 열 바퀴를 돌고 스무 바퀴를 돌았다. 그러다가 무덤을 베게삼고 쓰러지며 하늘을 쳐다본다. 별은 그 수가 부쩍 늘었다. 북두칠성은 금강석을 바수어서 끼얹은 듯이 찬란히 빛나고 있다. 그 중에도 큰 별 몇 개는 땅 위의 인간들을 비웃듯이 눈웃을 치는 것 같다. 동혁은 그 별을 향해서 침이라도 탁 뱉고 싶었다.

그러다가 그는 생각을 홱 뒤집었다.

'그렇다. 인생 문제는 그 자체인 인생이 머리로 해결을 짓지

---

* 제절(祭砌)_자손들이 늘어서서 절할 수 있도록 산소 앞에 마련된 평평하고 널찍한 부분

독특한 표현 메모하기

못한다. 인류의 역사가 있은 후 수많은 철학자와 사상가와 예술가와 머리를 썩이다가 해결의 실마리를 잡아 보지 못한 문제다. 그것을 손쉽게 풀어 보려고 덤비는 것부터 망령된 짓이다.'

하고는 단념을 해버린 뒤에,

'그렇지만 채영신이가 죽은 것과 같이 박동혁이가 살아 있는 것도 사실이다. 정신병자가 아닌 다음에야 누구나 부인할 수 없는 엄연한 현실이다. 그러니 우리가 생명이 있는 동안은 값이 있게 살아 보자! 산 보람이 있게 살아 보자! 구차하게 살려는 것도 어리석은 일이지만 타고난 목숨을 제 손으로 끊어 버리는 것도 또한 어리석은 일이다.'하고 영신이가 반은 자살을 한 것처럼 생각도 하여 보았다.

'일을 하자! 이 영신이와 같이 죽는 날까지 일을 하자! 인생의 고독과 고민을 잊어버리기 위해서라도 일을 해야만 한다. 사랑하던 사람의 사업을 뒤를 이을 사람은 나밖에 없다. 울어주고 서러워해주는 것보다 내가 청석골로 와서 자기가 끼친 사업을 계속해 준다면, 그의 혼백이라도 오죽이나 기뻐할까. 든든히 여길까. 〈일에 바쁜 꿀벌은 슬퍼할 겨를도 없다〉는 격언이 있지 않은가.'

독특한 표현 메모하기

하고 몇 번이나 생각을 뒤집었다.

'그럼 우리 한곡리는 어떡허나? 흐트러진 진영을 수습할 사람도 없는데······.'

동혁은 다시금 당황하지 않을 수 없었다.

동혁은 앞으로 해 나갈 일을 궁리하기보다도, 우선 저의 신변이 몹시 외로운 것을 느꼈다. 애인의 무덤을 홀로 앉아 지키는 밤, 그 밤도 깊어가서 저의 숨소리조차 듣기가 무서울 만큼이나 온누리는 괴괴한데 추위와 함께 등어리에 오싹오싹 소름이 끼치게 하는 것은 형용할 수 없는 고독감이다.

처음부터 서로 믿고 손이 맞아서 일을 하여 오던 동지에게 배반을 당하고, 부모의 골육을 나눈 단지 한 사람인 친동생은 만리 타국으로 탈주한 후 생사를 알 길 없는데, 목숨이 끊치는 날까지 저의 반려를 삼아 한쌍의 수리(鷲)와 같이 이 세상과 용감히 싸워 나가려던 사랑하는 사람조차 죽음으로써 영원히 이별한 동혁은 외로웠다.

무변내해*에서 기를 잃은 쪽배와노 같고 수백 실이나 뇌는 설

---

* 무변대해(無邊大海)_끝없이 넓은 바다

독특한 표현 메모하기

벽 아래서 격랑에 부대끼는 불꺼진 등대 만큼이나 외로웠다. 무한히 외로웠다.

그러나 한참만에 동혁은 무서운 짐이나 부린 모군꾼*처럼,

"휘유……."

하고 한숨을 길게 내쉬었다. 다시 마음을 돌이켜보니, 저의 일신이 홀가분한 것도 같았던 것이다.

'채영신만한 여자를 두 번 다시 만나지 못할진대, 차라리 한평생 독신으로 지내리라. 아무데도 얽매이지 않은 몸을 오로지 농촌사업에다만 바치리라.'

하고 일어서면서도 차마 무덤 앞을 떠나지 못하는데 멀리 눈 아래에서 등불이 올라오는 것이 보였다. 원재와 다른 청년들이 동혁을 찾아 돌아다니다가 혹시 산소에나 있나 하고 떼를 지어 올라오는 것이었다.

동혁은 잠자코 청년들의 뒤를 따라 내려왔다. 장로의 집에 잠시 들러 곤해서 쓰러진 백현경을 일으키고 몇 마디 앞일을 의논해 보았다. 백씨는 여전히 값비싼 화장품 냄새를 풍기며 종아리

---

* 모군꾼(募軍-)_공사판 따위에서 삯을 받고 일하는 사람

독특한 표현 메모하기

를 하얗게 내비치는 비단 양말을 신은 것이 불쾌해서 동혁은 될 수 있는 대로 외면을 하고 그 의견을 들었다.

"여기 일을 우리 연합회 농촌사업부에서 시작한 게니까, 속히 후임자를 한 사람 내보내서 사업을 계속하기로 작정했어요. 영신이만 할 수야 없겠지만 나이도 지긋하고 퍽 진실한 여자가 한 사람 있으니까요."

하는 것이 그 대답이다. 동혁은 더 묻지 않았다. 부탁 비슷한 말도 하기 싫어서,

"그럼 나도 안심하겠소이다."

하고 원재네 집으로 내려왔다. 영결식장에서 여러 사람 앞에 선언한 대로, 당분간이라도 청석골에 머물러 있어 뒷일을 제 손으로 수습해 주고 싶은 생각은 간절하였다. 그러나 이미 후임자까지 내정이 되고 진실한 사람이 온다는데 부득부득 '나를 여기 있게 해주시오.' 할 수 없는 형편이었다.

영신이가 거처하던 원재네 집 텅 빈 건넌방에서 하룻밤을 드새자니*, 동혁은 잠으로 무량한 감개에 몸을 풀 바가 없었다. 앉

---

*드새다_길을 가다가 집이나 쉴 만한 곳에 들어가 밤을 지내다

독특한 표현 메모하기

았다 누웠다 엎치락뒤치락하다가,

'세상 모르도록 술이나 취해 봤으면……,'

하고 난생 처음으로 술 생각까지 해보는데, 원재가 저의 이부자리를 안고 건너왔다.

두 사람은 형제와 같이 나란히 누워서 불을 끈 뒤에도 두런두런 이야기하였다. 동혁은,

"나는 새루 온다는 여자버덤두 원재를 믿구 가네. 나도 틈이 있는대로 와서 보살펴 주겠지만 조끔두 낙심 말고 일을 해주게!"

하고 신신당부를 하였다. 원재도,

"채선생님 영혼이 우리들헌테 붙어 댕기시는 것 같아서, 일을 안헐래야 안헐 수가 없겠에요."

하고 끝까지 잘 지도를 해달라는 말에 동혁은 이불 속에서 나이 어린 동지의 손을 더듬어 꽉 지어 주었다.

닭은 두 홰를 울고 세 홰를 울었다. 그래도 동혁은 이 방에서 마지막 숨을 거두던 사람과 지내오던 일이 너무나 또렷또렷 눈앞에 나타나서 머리만 지끈지끈 아프고 잠은 안 왔다. 그러다가 어렴풋이 감기는 눈앞에서 이러한 글발이 나타났다. 청석학

독특한 표현 메모하기

원 낙성식 때, 식장 맞은편 벽에 영신이가 써붙였던 슬로건 같은 글발이, 비문(碑文)처럼 천장에 옴폭옴폭하게 새겨지는 것이었다.

과거를 돌아다보고 슬퍼하지 마라. 그 시절은 결단코 돌아오지 아니할지니, 오직 현재를 의지하라. 그리하여 억세게 사내답게 미래를 맞으라!

이튿날 아침 동혁은 산소로 올라가서

'당신이 못 다한 일과 두 몫을 하겠다.'

고 맹세한 것을 이제부터 실행하겠다는 말을 다시 한번 자신 있게 한 뒤에 홱 돌아서서 그 길로 내쳐 걸어 한곡리로 향하였다. 그러나 시꺼먼 눈썹이 숱하게 난 그의 양미간은 생목(生木)이 도끼에 찍힌 그 험집처럼 찌푸려졌다. 아마 그 주름살만은 한평생 펴지지 못하리라.

이미니의 병이 염려는 되었으나, 그는 바로 십으로 가기가 싫어서 역로에 몇 군데 모범촌이라고 소문난 마을을 들렀다.

어느 곳에서는 농업학교를 졸업하고 돌아온 청년이 오막살이

나를 찾는 필사 시간 _상록수 | 심훈

독특한 표현 메모하기

한 채를 빌려 가지고 혼자서 야학을 시작한 곳이 있고, 어떤 마을에서는 제법 크게 차리고 여러 해 동안 한글과 여러 가지 과정을 강습해 내려오다가 당국과 말썽이 생겨 강습소 인가를 취소당하고 구석구석 도둑글을 가르치는 것을 보았다. 한곡리서 오십 리쯤 되는, 장거리에서 멀지 않은 촌에서는 청년이 서너 명이나 보수 한 푼 받지 않고 3년 동안 주경야학을 겸해서 하는 곳이 있는데 그들은 겨우내 두루마기도 못 얻어입고, 동저고리 바람으로 손끝을 호호 불어가며 교편을 잡는 것을 볼 때,

'우리는 편하게 지냈구나.'

하는 감상이 들었다. 그는 그러한 지도자분들과 굳게 악수를 하고 하룻밤씩 같이 자면서 의견을 교환하고 새로운 방침을 토론도 하였다. 어느 곳에 가나,

'지금 우리의 형편으로는 계몽적인 문화운동도 해야 하지만 무슨 일에든지 토대가 되는 경제운동이 더욱 시급하다.'는 것을 역설하고 저의 경험을 이야기하였다. 그러는 동시에 그는,

'이제부터 한곡리에만 들어앉았을 게 아니라 다시 일에 기초가 잡히기만 하면, 전 조선의 방방곡곡으로 돌아다니며 널리 듣고 보기도 하고, 또는 내 주의와 주장을 세워 보리라. 그네들과

긴밀한 연락을 취해서 같은 정신과 계획 아래서 농촌운동을 통일시키도록 힘써 보리라.'

하니, 어느 구석에서든지 새로운 기운이 솟아오르는 것을 느꼈다. 남들이 그러한 고생을 달게 받으며 굽히지 않고 일을 하는 것을 실지로 보니 동혁은 한곡리에서 처음으로 일을 시작할 때의 생각이 바로 어제란 듯이 났다. 동시에 옛날의 동지가 불현듯이 보고 싶었다. 일체의 과거를 파묻어 버리고 새로운 길을 개척해 나아가려는 생각이 굳을수록 동지들의 얼굴이 몹시도 그리워졌다.

'건배를 찾아가 보자.'

지난날의 경우는 어찌되었든 맨 먼저 생각나는 사람이 건배였다. 보고만 싶은 게 아니라 제가 감옥에 있는 동안 박봉 생활을 하는 사람이 두 번이나 적지 않은 돈을 부쳐 준 치사도 할 겸 그가 일을 보는 군청으로 찾아갔다.

그러나 건배는 군청에도, 거기서 멀지 않은 사글세로 들어 있는 그의 십에도 없었다.

건배의 아내와 아이들은 반겼으나,

"엊저녁에 한곡리까지 다녀올 일이 있다고 자전거를 타고 가

독특한 표현 메모하기

서 여태 안 들어왔어요."

하는 것이 그의 대답이었다.

'무슨 일일까? 나를 찾아가지나 않았나?'

하고 동혁은 일어서는데 안주인이 한사코 붙들어서 더운 점심을 대접받으며 지내는 형편을 들었다.

"노루꼬리만한 월급에 그나마 반은 술값으로 나가서 어렵긴 매일반이야요. 일구월심*에 다시 한곡리로 가서 살 생각만 나요. 굶어두 제 고장에서 굶는 게 맘이나 편하죠."

건배의 아내는 당장에 따라 일어서고 싶은 눈치였다. 그러나 동혁은 그와 의형제까지 한 사이를 알면서도 영신의 죽음은 짐짓 말하지 않았다. 그가 영신의 소식을 묻고 혼인 때는 꼭 청해 달라는 부탁을 받을 때,

"네에 청허구말구요."

하고 쓰디쓴 웃음을 웃어 보였다.

한곡리가 십리쯤 남은 주막 근처까지 왔을 때였다. 자전거를 끌고 고개를 넘는 양복쟁이와 마주치자, 동혁은,

---

* 일구월심(日久月深)_날이 오래고 달이 깊어 간다는 뜻으로, 세월이 흐를수록 더함을 이르는 말

"여어, 건배군 아닌가?"

하고 손을 들었다.

"요어, 동혁이!"

키장다리 건배는 자전거를 내던지고 달려들어 동혁의 어깨를 끌어안는다. 피차에 눈을 꽉 감고 잠시 말이 없다가,

"이게 얼마 만인가?"

"어디루 해 오는 길인가?"

하고 동시에 묻고는, 함께 대답이 없다.

"아무튼 저 집으로 좀 들어가세."

건배는 동혁을 끌고 주막으로 들어갔다.

"아, 신문에까지 났데만, 영신씨가 온 그런……."

건배는 대뜸 동혁의 가슴 속의 가장 아픈 구석을 찌르고도 말 끝을 맺지 못한다. 동혁은 손을 들어,

"우리 그 사람의 말은 입밖에두 내지 마세. 제발 그래 주게!"

하고 손을 들어 친구의 입을 막았다. 건배는 머리를 떨어뜨리고 있다기, 한숨 쉬이,

"그렇치, 남자헌테는 사랑이 그 생활의 전부가 아니니까……. 허지만 어디 그이허고야 단순한 연애관계 뿐이었나? 참 정말 아

독특한 표현 메모하기

까운……."

"글쎄 이 사람 고만둬!"

하고 동혁은 성을 더럭 내었다.

두 친구는 말머리를 돌렸다. 둘이 서로 집을 찾아갔더라는 것과 그 동안 적조했던 이야기를 대강대강 하는데 청하지도 않은 술상이 들어왔다. 건배는,

"나 오늘은 술 안먹겠네."

하고 막걸리 보시기를 폭삭 엎어 놓더니, 각반 친 다리만 문지르며 말 꺼내기를 주저하다가,

"자네 그 동안 한곡리에서 변사(變事)가 생긴 줄은 모르지?"

한다

"아아니, 무슨 변사?"

동혁의 눈은 둥그래졌다.

"그저께 강기천이가 죽었네!"

"뭐? 누가 죽어?"

동혁은 거짓밀을 듣는 것 같았나.

"사실은 강기천이 조상을 갔다 오는 길일세."

하고 건배는, 듣고 본 대로 놀라운 소식을 전한다. 기천은 연

독특한 표현 메모하기

전부터 주막 갈보에게 올린 매독을 체면상 드러내 놓고 치료를 못하다가 술 때문에 갑자기 더쳐서* 짤짤매던 중, 그 병에는 수은을 피우면 특효가 있다는 말을 곧이듣고 비밀히 구해다가 서너 돈쭝*씩이나 콧구멍에다 피웠었다. 그러다가 급작스레 고만 중독이 되어서 온몸이 시퍼래 가지고 저 혼자 팔팔 뛰다가 방구석에 머리를 틀어 박고는 이빨만 빠드득빠드득 갈다가 고만 뻐드러졌다*는 것이다.

동혁은,

"흥, 저두 고만 살 걸."

하고 젓가락도 들지 않은 술상을 들여다보며 아무런 감상도 더 입밖에 내지를 않았다.

건배는 마코를 꺼내 붙이며,

"가보니, 아주 난가(亂家)데 난가야. 헌데 형이 죽은 줄도 모르는 건살포*는 서울서 웬 단발헌 계집을 데리구 왔네그려. 마

• 더치다_낫거나 나아가던 병세가 다시 더하여지다
• 돈쭝_무게의 단위. 귀금속이나 한약재 따위의 무게를 잴 때 쓴다. 1돈쭝은 한 돈쯤 되는 무게이나 흔히 한 돈의 무게로 쓴다
• 뻐드러지다_굳어서 뻣뻣하게 되다
• 건살포_일은 하지 않으면서 건성으로 살포만 짚고 다니는 사람

침 쫓겨갔던 본처가 시아주범 통부*를 왔다가, 외동서끼리 마주

쳐서, 송장을 뻗쳐놓고 대판으로 쌈이 벌어졌는데, 참 정말 구

경헐 만허데."

하고 여전히 손짓을 해가며 수다를 늘어놓았다. 동혁은 고개

만 끄덕이며 듣다가,

"망헐 건 진작 망해야지."

할 뿐이었다. 그러다가 한참만에,

"그런데 자넨……."

하고 전보다도 두 볼이 여윈 건배의 얼굴을 유심히 쳐다보다

가,

"자네 그 노릇을 오래 헐 텐가?"

하고 묻는다. 건배는 그런 말 꺼내기를 기다렸다는 듯이,

"고만 집어치겠네. 이 연도 말꺼정만 다니고 먹거나 굶거나

한곡리루 다시 가겠네. 되려 빚만 더끔더끔* 지게 돼서 고만둔

다는 것버덤두 아니꼽구 눈꼴 틀리는 거 많아서 이젠 넌덜머리

가 났네."

• 통부(通訃)-부고_사람의 죽음을 알림
• 더끔더끔_어떤 것에 조금씩 자꾸 더하는 모양

독특한 문형 메모하기

하고 담배 연기를 한숨 섞어 내뿜으며,

"월급푼에 몸을 매다느니버텀은 정든 내 고장에서 동네 사람이나 아이들의 종노릇을 허는 게 얼마나 맘 편하고 사는 보람이 있는 걸 이제야 절실히 깨달었네."

하고 진정을 토한다. 그 말에 동혁은 벌떡 일어서며,

"자아 그럼, 우리 일터에서 다시 만나세! 나는 지금 자네가 한 말을 다시 한번 믿겠네."

하고 맨 처음 일을 시작했을 때처럼 굳게굳게 건배의 손을 쥐었다.

"염려 말게. 자넬랑은 벌판의 모래보다 한줌의 소금이 되어주게!"

건배도 잡힌 손을 되잡아 흔들었다.

아무리 지루하던 겨울도 한번 지나만 가면 봄은 기다리지 않아도 저절로 닥쳐온다. 반가운 손님은 신 끄는 소리를 내지 않듯이 자취 없이 걸어오기로서니, 얼어붙었던 개천바닥을 뚫고, 졸졸졸 흐르는 물소리를 닫고, 말랐던 나뭇가지에서 새움이 뾰족뾰족 돋아나는 것을 볼 때, 뉘라서 새봄이 오지 않았다 하랴.

독특한 표현 메모하기

동혁은 신작로 가에서 잔디 속잎이 파릇파릇해진 것을 비로소 보았다. 미루나무 껍질을 손톱끝으로 젖혀 보니 벌써 물이 올라서, 나무하는 아이들의 피리소리도 멀지 않아 들릴 듯,

"인젠 완전히 봄이로구나!"

한 마디가 저도 모르는 사이에 새어나왔다.

그는 논둑으로 건너서며 발을 탁탁 굴러 보았다. 흠씬 풀린 땅바닥은 우단* 방석을 딛는 것처럼 물씬물씬*하다.

동혁은 가슴을 붕긋이 내밀며, 숨을 깊다랗게 들이마셨다. 마음의 들창이 활짝 열리며, 그리로 훈훈한 바람이 쏟아져 들어오는 듯, 그는 다시 속 깊이 서리어 있는 묵은 시름과 함께,

"후……."

하고 마셨던 바람을 기다랗게 내뿜었다. 화로에 꺼졌던 숯불이 발갛게 피어난 방 속같이 온몸이 후끈해지는 것을 느꼈다.

동혁이가 동네 어구로 들어서자, 맨 먼저 눈에 띄는 것은 불그스름하게 물들은 저녁 하늘을 배경삼고, 언덕 위에 우뚝우뚝 서 있는 전나무와 소나무와 향나무들이었다. 회관이 낙성되던 날,

---

• 우단_벨벳
• 물씬물씬_잘 익거나 물러서 매우 또는 여기저기가 연하고 물렁물렁한 느낌

그 기쁨을 영원히 기념하기 위해 회원들과 함께 파다 심은 상록수(常綠樹)들이 키돋움을 하며 동혁을 반기는 듯

"오오, 너희들은 기나긴 겨울에 그 눈바람을 맞구두 싱싱허구나! 저렇게 싯푸르구나."

동혁의 걸음은 차츰차츰 빨라졌다. 숨가쁘게 잿배기*를 넘으려니까, 회관 근처에서 애향가를 떼를 지어 부르는 소리가 바람결을 타고 웅장하게 들려오는 듯하여서 그는 부자중에 두 팔을 내저었다. 그리고는 동리의 초가집들을 내려다보며 오랫동안 떠나 있던 주인이 저의 집 대문간으로 들어서는 것처럼,

"에헴, 에헴"

하고 골짜기가 울리도록 커다랗게 기침을 하였다. 그의 눈에는 회관 앞마당에 전보다 몇 곱절이나 빽빽하게 모여서 회원들이 팔다리를 벌렸다 오므렸다 하며 체조를 하는 광경이 보였다.

그는 고개를 돌리고 눈을 꿈벅하고 감았다가 떴다. 이번에는 훤하게 터진 벌판에 물이 가득히 잡혔는데, 회원이 오리떼처럼 논바닥에 가 하얗게 깔려서, 일세히 이앙가(移秧歌)를 무르며

• 잿배기_재의 방언(충남)_길이 나 있어서 넘어 다닐 수 있는, 높은 산의 고개

독특한 표현 메모하기

모를 심는 장면이 망원경을 대고 보는 듯이 지척에서 보였다.

동혁은 졸지에 안계(眼界)가 시원해졌다. 고향의 산천이 새삼스레 아름다워 보여서 높은 멧부리에서부터 골짜기까지 산허리를 한바탕 떼굴떼굴 굴러 보고 싶었다.

앞으로 가지가지 새로이 활동할 생각을 하며 걷자니, 그는 제풀에 어깻바람이 났다. 회관 근처까지 다가온 동혁은 누가 등 뒤에서,

'엇 둘! 엇 둘!'

하고 구령을 불러 주는 것처럼 다리를 쭉쭉 내뻗었다.

상록수 그늘을 향하여 뚜벅뚜벅 걸었다.

작가 연보

심훈(沈薰 1901~1936)

본관은 청송(靑松)이고, 본명은 대섭(大燮)이며, 호는 해풍(海風)이다. 1901년 서울 노량진에서 태어나 1915년 경성제일고등보통학교(지금의 경기고등학교)에 입학한 뒤 1917년 조선 왕족인 이해영(李海暎)과 혼인하였다. 1919년 3·1운동에 참여하였다가 체포되어 투옥되었고 경성제일고등보통학교에서 퇴학을 당하였다. 4개월간 복역하고 출옥한 뒤 중국으로 건너가 1921년 항저우[杭州]의 즈장대학[之江大學]에 입학하였다.

1923년 즈장대학을 중퇴하고 귀국한 뒤 이듬해 부인과 이혼하였으며, 동아일보사에 입사하여 기자 생활을 하면서 시와 소설을 쓰기 시작했다. 1926년《동아일보》에 영화소설《탈춤》을 연재한 것이 계기가 되어 영화계에 투신, 이듬해에는 일본으로 건너가 영화를 공부하고 돌아와 《먼동이 틀 때》를 원작·각색·감독하였다.

1928년 조선일보사에 기자로 입사하였고, 1930년《동방의 애인》을 《조선일보》에 연재하다 일제의 검열로 중단되었으며, 그해에 시〈그날 이 오면〉을 발표하였다. 1931년《조선일보》에《불사조(不死鳥)》를 연 재하였고, 1933년《조선중앙일보》에《영원의 미소》와 1934년《직녀 성》을 연재하였다.

1935년에는 농촌계몽소설《상록수》가《동아일보》창간 15주년기념 현상소설에 당선되면서 크게 각광을 받았다. 이 소설은 당시의 시대적 풍조였던 브나로드 운동을 남녀 주인공의 숭고한 애정을 통해 묘사한 작품으로서 오늘날에도 널리 읽히고 있으며, 1981년 일본에서도 번 역·간행되어 좋은 반응을 얻었다. 1936년 장티푸스로 사망하였다.

1901	9월 12일 서울에서 출생
1915	경성제일고등보통학교에 입학
1919	3·1운동에 참여하였다가 체포되어 투옥되었고 경성제일고등보통학교에서 퇴학을 당함
1921	출옥 후 중국으로 건너가 항저우 즈장대학에 입학
1923	즈장대학을 중퇴하고 귀국
1924	동아일보에 입사하여 기사 생활을 하며 소설 집필
1926	동아일보에 영화소설《탈춤》을 연재
1927	일본으로 건너가 영화를 공부
1928	조선일보에 기자로 입사
1930	조선일보에《동방의 애인》을 연재하다 검열로 중단 시〈그날이 오면〉을 발표
1935	농촌계몽소설《상록수》가《동아일보》창간 15주년기념 현상소설에 당선
1936	9월 16일 장티푸스로 사망

나를 찾는 필사 시간

상록수 | 심훈

초판 발행 | 2015년 6월 25일

지은이 | 심훈
펴낸이 | 배수현
디자인 | 김화현
제 작 | 송재호

펴낸곳 | 가나북스 www.gnbooks.co.kr
출판등록 | 제393-2009-000012호
전 화 | 031-408-8811(代)
팩 스 | 031-501-8811

ISBN 979-11-86562-03-1(03800)